界川深幸
Miyuki Sakaigawa
以前はキックボクシングに打ち込んでいたが、モテるためにドラムに転向した。
美園礼音
Reon Misono
とても忍耐強く、
固。納得できるま
練習を繰り返す
努力家タイプ。
曙涼
Ryo Akebono
自称宇宙人で、「自分の星で犯罪を犯し、地球へと島流しにあってしまった」らしい。
Bass

Guitar
頑
で
中
旭那由多
Nayuta Asahi
圧倒的な歌唱力とカリスマ性によって、GYROAXIAを支配している。
Vocal
里塚賢汰
Kenta Satozuka
那由多の才能に惚れこみ、彼を世に知らしめるためならどんな苦労も惜しまないGYROAXIAのリーダー。
Guitar
GYROAXIA
CHARACTER

GYROAXIA

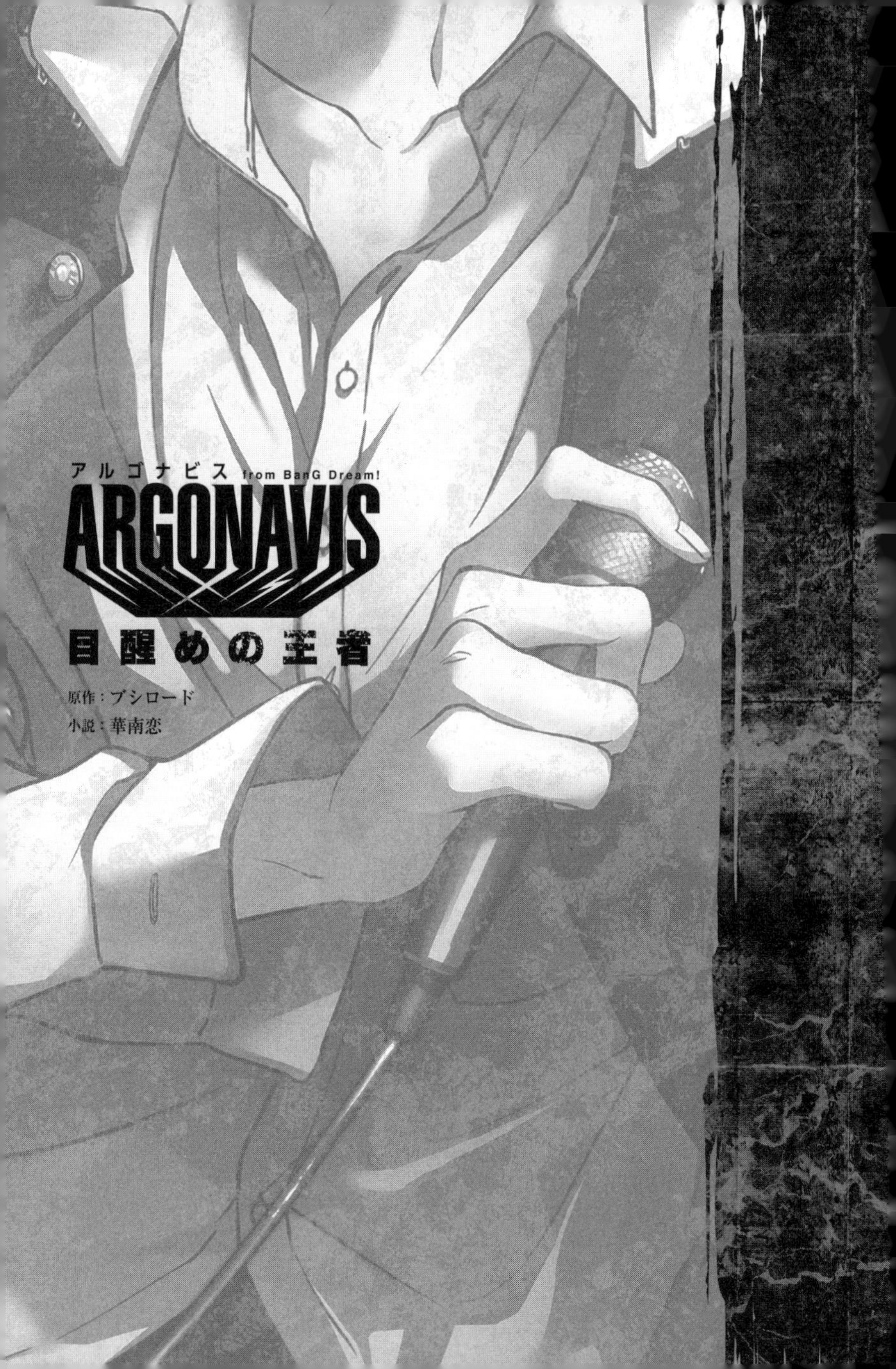

ARGONAVIS《アルゴナビス》 from BanG Dream!

目醒めの王者

原作：ブシロード
小説：華南恋

プロローグ　運命の日　007

第一話　新生GYROAXIA《ジャイロアクシア》　019

第二話　流星に誓いを立てて　071

第三話　その翼が折れぬように　131

第四話　果てしなき高みを目指して　179

エピローグ　物語は続く　220

Contents

プロローグ　運命の日

その夜、俺は運命に出会った。


大学一年の春だった。

里塚賢汰《さとづかけんた》はペンキで乱雑に「ＬＩＶＥ」と書き殴られた扉に手をかけた。

すすきのでも外れの方にある小さなライブハウス。ビルとビルの隙間に、まるで隠し通路のようにひっそりと存在する階段を下りた先に、その扉はある。そこにライブハウスがあると知っていなければ通り過ぎるのは確実だ。

義理でもらったチケットで、正直なところ、その日出演する予定のバンドに期待なんか何もしてなかった。だから——

扉を開けた瞬間、聴こえてきた歌声に賢汰は度肝を抜かれた。

（なんだ？　この声は……!?）

前座のバンドとも思えないほど、パワフルな歌声だった。

胸どころか、魂までも鷲《わし》づかみにしてきそうなほど力強く、攻撃的で、そのくせ……どこか繊細な歌声。歌っているのは、まだ少年と言っていいような年のボーカルだ。癖のある前髪から覗《のぞ》く瞳《ひとみ》は、声と同じく獰猛《どうもう》な色に燃えていた。

マイクに嚙《か》みつかんばかりにシャウトし、激しい歌詞を歌い上げる少年に観客全員が魅了され、熱狂している。賢汰も魅入られるように、その熱狂の中へ身を投じた。

(見つけた)

バンドの他のメンバーなんか、目にも入らなかった。ボーカルの少年と、賢汰。世界にはその二人しかいないんじゃないかと錯覚するほどに、賢汰は少年の歌に引きこまれた。

胸が熱い。自分の胸がこんなにも熱くなるなんて、知らなかった。自分の中にこんな炎が眠っていたなんて、知らなかった。

ミューズだ。

冗談ではなく、そう感じる。

賢汰は高校生のとき、プロのミュージシャンを目指して、音楽を始めた。しばらくは固定したバンドではなかったが、二年後輩の結人《ゆうと》と礼音《れおん》を見いだしてからは、彼らと共にバンドを結成し、活動していた。二人も賢汰と同じくプロを目指す仲間で、バンド活動は楽しく、順調な音楽生活だった。

だが、それが間違いだったと気づいてしまった。

これまで、自分がやってた音楽はなんだったんだ？

体が勝手に揺れ出す。少年の歌に合わせてリズムを刻み、胸の奥から熱く強い衝動がこみ上げてくる。今ほど楽器を奏でたいと思ったことはなかった。

これだ。この音だ。この音楽を俺はずっと求めていたんだ。

今までの自分はまるで眠っていたみたいだった。自分にも仲間にも音楽の才能はあった。今のバンドだって真剣にやっていたつもりだった。けど、違った。思い知らされた。目の前の少年が、その鋭すぎる音楽が、賢汰の目を覚まさせた。覚醒させてしまった。

ダメだ。もう戻れない。この声を知らない頃には戻ることはできない。

歌声はどこまでも強く、高く、響く。こんなちっぽけなライブハウスには収まらないぞ、という野心を感じる。そうだ。この歌はこんな場所じゃもったいない。もっと広い世界へ羽ばたける、それだけの価値がある歌だ。

だが、演奏が後半になるにつれて、少年の顔に苛立《いらだ》ちが見え始めた。賢汰にはその理由がすぐにわかった。他の楽器が少年のレベルについてこれていない。

ボーカルの少年の歌は翼を広げ、空すら越えて星まで飛びたがっているのに、他の楽器が足枷《あしかせ》になる。地上に縫い止められている。それでも少年は太陽を目指すイカロスのように、歌声の翼を大きく広げる。神々しいとすら感じる彼の歌唱に、賢汰は思った。

(こいつの歌がどこまで行けるのか見てみたい)

彼の歌に見合った最高の演奏があれば、きっと果てしない高みを目指せる。賢汰が見ようとも思わなかった場所へ、この少年はたどり着く。世界の頂点へ。

その光景を見たい。いや、共に見てみせる。

拳《こぶし》を握りしめ、誓う。自分はきっとそのために、今日、ここに来たのだ。

たった一曲の音楽が人生をまるごと変えることだってある。

少年の歌は、賢汰にそんな決意を抱かせるほどに強烈だった。

歌い終わった少年が、マイクから手を離し、そっけなく名乗る。

「ボーカル、旭那由多《あさひなゆた》」

賢汰はその名を耳に刻みつけた。絶対に手に入れる。誰にも渡す気はない。

この希代の天才ボーカルを、星まで羽ばたかせるのは自分だ。

(旭那由多。俺がお前を頂点に連れていってやる)

賢汰は舞台袖に向かう那由多に心の中で呼びかけた。

旭那由多と里塚賢汰。

GYROAXIA(ジャイロアクシア)、その偉大なる軌跡はここから始まる。

「そこまでだ」

前奏を終え、ワンフレーズを歌っただけで、那由多が不機嫌にマイクを置いた。

すすきのの雑居ビルに入った狭い練習スタジオの空気が一気に冷えこむ。とはいえ、こんなことは、このバンドでは珍しくない。

あのライブで那由多の声に惚《ほ》れこんだ賢汰は、即座に那由多へ声をかけた。ライブをしていたメンバーに不服があった那由多を口説き落とし、礼音と結人に引き合わせ、そして何人もドラムをとっかえひっかえして——ようやく今のメンバーを揃《そろ》えた。

リズムギターの美園《みその》礼音。まだ荒削りなところはあるが、負けん気の強さで那由多に食らいつく気概がある。何より、音に対する勘が鋭く、はっとするようなアドリブを入れることもある。無駄な音を出すなと那由多が怒ることも多いが。

ドラムの相田《あいだ》信也《しんや》。気の弱さとは裏腹に、正確で力強いドラムを叩《たた》く。おもしろみがないのが玉に瑕《きず》だが、その分、誠実な人柄が演奏にも出ていた。今日は遅れてくる、とのことでまだスタジオには来ていない。

リードギターの五稜《ごりょう》結人。礼音以上に技術的には未完成なところがある。だが、ギターが好きで好きでたまらないことがよくわかる演奏をする少年だ。

そして、ベースは賢汰。この五人で何度かライブも経験し、今日も次のライブに向けての練習中だった。

しかし、開始早々に那由多の一言で中断。

繰り返すが、それ自体はこのバンドでは珍しいことではない。なぜなら――旭那由多という男は音楽の暴君だからだ。

少しでも気に入らない演奏であれば、即止める。そして、何度でも納得いくまでやり直す。スタジオのレンタル時間が限界まで延長になることもしばしばだった。メンバーが他に予定がある、もういいだろうなどと言えば、「音楽より大事なものなんかないだろう」と怒り、ついてこられないメンバーは次々とやめさせた。それでも残ったのが、今のメンバーだ。那由多の怒りには、みんな慣れていた。

礼音がややうんざりした顔で、肩をすくめる。

「はいはい、今度は何が気に入らないんだよ。また俺か？」

「違う」

怒りが露《あら》わになった声で、那由多が吐き捨てる。那由多の答えに、結人がしょうがないと言うように、ため息をついた。

「じゃあ、俺か。初っぱなからミスしてるってことは、なかったはずだけど」

何が悪かったのか、と首を捻《ひね》る結人を那由多がぎろりと睨《にら》む。

「……わからないのか」

「言われないのにわかるわけないだろ。エスパーじゃないんだから」

むっとして言い返す結人に、那由多の眉間《みけん》の皺《しわ》がますます深くなった。

「そうか」

那由多の声がさらに温度を下げる。

そして、絶対零度の視線が結人を射た。短く、暴君の命令が下される。

「やめろ」

「……やめろ？」

いつもの怒りとは違う那由多の様子に、結人が不安げな顔になった。

「お前は俺に相応《ふさわ》しくない。出ていけ」

那由多が傲慢に、冷徹に言い放った言葉に、結人の頬《ほお》がかっと紅潮した。今までもいろいろ言われてきたが、ここまではっきり「バンドをやめろ」と言われたのは初めてだった。

さすがに耐えきれず、結人が言い返す。

「俺だって一生懸命。だいたい俺たちはお前の要求に応えるために！」

「……そうか。がっかりだ」

「なに？」

「一生懸命を評価してもらいたいなら、趣味で仲良しバンドでもやっていろ」

言い捨てると、那由多はさっさと楽譜を鞄《かばん》にしまった。結人が那由多の肩を摑《つか》んで引き止めようとするが、にべもなく振り払われる。

「おいっ」

「俺は出ていく。ここは俺の居場所じゃない」

鞄を肩にかけると、那由多はさっさとスタジオを出ていった。結人が呆然《ぼうぜん》とした様子で、乾いた笑いをこぼす。

「……出ていっちまった」

それまで二人のやりとりを黙ってみていた賢汰が、荷物をまとめ始める。

「賢汰さん？」

怪訝《けげん》そうな顔をする結人に目もくれず、賢汰が歩き始める。

「俺は、あいつを手放すつもりはない」

「ちょっと」

スタジオを出ていこうとする賢汰に、礼音が呼びかける。だが足を止めることなく、出ていってしまった賢汰に、礼音も慌てて後を追う。

「………」

残された結人は、うつむいて拳を握りしめることしかできなかった。ようやくやってきた信也が、結人だけ残されたスタジオに目を丸くする。「何があった」と問いかける彼に答える余裕もなく、結人はただ爪が食いこむほどに拳を握り続けていた――。

「待て」

スタジオの扉を開けると、居酒屋の裏口が並ぶ路地に出た。狸小路《たぬきこうじ》のアーケードへと進み始めていた那由多を賢汰は呼び止めた。

「引き止めても無駄だ」

不機嫌な声のまま那由多が立ち止まり、振り返る。

「おまっ……」

文句を言おうとした礼音を手で制し、賢汰は不敵に笑った。

「そんなことはしない」

「だったら、何の用だ」

「俺はお前について行く」

那由多が片眉《かたまゆ》を上げる。獰猛な肉食獣のようにギラつく那由多の目を、賢汰はまっすぐに見つめた。

「お前の音こそが俺の全てだ」

きっぱりと言い切る賢汰。那由多の目が、さらに鋭さを増した。

「仲良しバンドはどうする？」

「必要ない。お前の音だけがあればいい」

賢汰の瞳には那由多だけが映っていた。結人がどうなろうと知ったことではない。信也だって、礼音だってついてくる気がないのなら、そのまま置いていくつもりだった。

「俺はお前を頂点に連れていく。だから、また作ろう。お前の音楽を実現するバンドを」

那由多はわずかに目を細めると、礼音に目を向けた。

「お前はどうするつもりだ？」

那由多が礼音に声をかけたことに、賢汰は驚いた。礼音自身も面食らった顔をして、気まずそうに目をそらす。

「結人のことは、気にしてやらないのかよ」

「関係ない。俺はお前に聞いている」

那由多に重ねて問われ、礼音は顔を上げるといつもの調子で言い返した。

「お前はいつかプロになって頂点に立つんだろ。俺だけ置いていかれるなんて、ごめんだ」

礼音の宣言を聞いた那由多が鼻を鳴らし、きびすを返す。

「勝手にしろ。ついてこられないなら、お前も置いていくだけだ」

そう言って、さっさと歩き出す。その背中を賢汰は眩《まぶ》しいものを見る目で見つめた。礼音が那由多を追いかける。

「おい、どこ行くつもりだよ」

「他のスタジオだ。歌い足りない」

「あてはあるのかよ」

ちらりと那由多が賢汰を見る。賢汰は力強く頷《うなず》いた。

「あてはある。すぐに押さえよう」

「ったく、結局、賢汰さん頼りかよ！」

文句を言う礼音を無視して、那由多はどんどん歩いていく。礼音が早足でそれを追う。

賢汰は薄く笑うと、那由多の影になるように彼の後をついていった。

那由多の行く先に、求める音楽があるのだと信じて――

第一話

新生GYROAXIA《ジャイロアクシア》

ついに来た。

すすきの駅からほど近い場所にある小さな地下スタジオ。その重い金属製の扉を前に、界川《さかいがわ》深幸《みゆき》は何度も深呼吸をした。甘く整った顔が、緊張に引き締まる。まるで、道場破りの心境だな、と深幸は心の中でつぶやいた。あながち、間違ってもいない。

今日は、自分の力と才能を試しに来たのだから。

この扉の向こうで、札幌《さっぽろ》で最近名を上げつつあるバンド、GYROAXIA（ジャイロアクシア）が練習していると思うと、それだけで胸が熱くなる。今日から自分もその一員になれると思えばなおさらだ。

友人に誘われて行ったライブ。深幸は一発でジャイロアクシアが奏でる音楽の虜《とりこ》になった。ボーカルの旭那由多《あさひなゆた》が作るメロディ、紡ぐ歌詞、それらが形成する激しく支配的な世界感を思い切りぶつけてくる演奏に、自分もその中に入りたいと思ってしまったのだ。

深幸にとって幸いだったのは、ジャイロアクシアのメンバーが固定されていなかったことだ。とくにここのところ、ドラムはかなり入れ替わりが激しかったらしく、人づてにメンバー募集の話を聞いた深幸は、内心ガッツポーズした。

運命だ、と思った。

女の子にモテたくて始めたドラムで、大学の先輩たちと組んだバンドは楽しかった。だけど、同時に物足りなさも感じていた。

何かが足りない――そう感じていた深幸の心に空いた穴に、ジャイロアクシアの音楽はすっぽりとハマった。足りなかったのは、これだ。どこまでも高みを目指そうとする野心と熱情に満ちた音。深幸も彼らと同じように、自分の技量が、音楽が、どこまで行けるのかを試したくてたまらない人間だったのだと気づかされた。

そして、今日、本当に自分がジャイロアクシアの一員になれるかが試される。

大丈夫だ、練習は積んできた。

もう一度大きく深呼吸し、覚悟を決める。深幸はぐっと強くドアノブを握った。

「よし！」

そして、界川深幸は運命の扉を開いた。


扉を開くと、ちょうど休憩中のようだった。

マイクの前で眉間《みけん》に皺《しわ》を寄せ、楽譜に何か書きこんでいるのは那由多だ。圧倒的な歌唱力とカリスマ性で観客を魅了する天才ボーカリスト。

その奥でギターのチューニングをしているのが、リズムギターの礼音《れおん》だ。ライブでの熱いアドリブには何度も魅せられた。

ノートパソコンとスマホを同時に操っているのは、リードギターでリーダーの賢汰《けんた》。礼音ほどの派手さはないが、正確無比な演奏はメロディの要と言える。

指折り何かを数えながら、ぼんやり天井を見つめているのはベースの曙涼《あけぼのりょう》だ。天性のベーシストだと評判で、深みのある音がジャイロアクシアの骨太な演奏を支えていた。

ライブとは違う、素のメンバーの顔に深幸はゾクゾクした。今、目の前にジャイロアクシアのメンバーが確かにいる。

扉を開き、入ってきた深幸にメンバーたちの視線が集まった。

「誰だ、お前は？」

ボーカルの旭那由多が、全てを切り裂く刃《やいば》のような瞳《ひとみ》を深幸に向ける。深幸は内心の緊張を押し隠し、フレンドリーに笑ってみせた。

「界川深幸だ。ドラム募集の話を聞いてきた。リーダーの里塚《さとづか》くんには話を通してたと思うんだけど」

「……ふん」

那由多はにこりともせずに、どっかりと足を組んで椅子に座る。代わって前に出てきた賢汰が口を開いた。

「ああ、界川くんか。よく来てくれたな」

「いや、遅れてすまない。聞いた時間に来たつもりだったんだけど」

「界川くんは悪くない。直前で練習時間が前倒しになっただけだ」

礼音が口をとがらせる。

「ったく、朝、いきなりたたき起こされたかと思ったら、五分で来いとかめちゃくちゃなんだよ……」

ぶつぶつ言う礼音を那由多が睨《にら》む。

「文句があるならいつでも出ていけ」

「こんなことくらいで出ていかねえよ！」

「だったら黙ってろ」

礼音と那由多、二人の間に剣呑《けんのん》な空気が漂う。礼音の方が一歩引き、黙って目をそらした。ライブでの一体感ある演奏とは裏腹に、普段はあまり仲が良くないのかもしれない。

ギスギスしている二人を放って、賢汰が深幸に話しかける。

「界川くんは大学でバンドやってたよな？　何度か演奏を聴いたことがある。パワーのあるいいドラムだった」

「ジャイロのリーダーにそう言われるとは光栄だな」

礼音が首をかしげる。

「大学のサークル……ってそっちのバンドはどうしたんですか？」

「メンバーのほとんどが三年生でさ。就活を機に解散。まあ、もともとモテたくてバンド始めた連中の集まりだったたし。そこは俺も同じだけど……俺はもうちょっと真剣に音楽続けたかったたし、何より思ったんだ」

にっと人好きのする笑みを見せながら、深幸は言い放った。

「このバンドなら、絶対モテるって」

瞬間、スタジオの温度が一気に下がった。

「帰れ」

「いやいやいや、那由多！　そりゃ早すぎだろ！」

絶対零度の声で即座に切り捨てた那由多に、思わず礼音がつっこむ。とはいえ、礼音も不愉快そうな視線を深幸に向けた。

「そういう動機ならうちはやめておいた方がいいですよ」

「初めて聞いた。そんな理由でジャイロに入りたがるの」

日頃、あまり感情を露《あら》わにしない涼の声にさえ、やや呆《あき》れたような色が混じる。それでも深幸はめげることなく、手に持ったスティックを軽く振った。

「下手《へた》くそじゃモテないからな。腕には自信があるつもりだ」

とはいうものの、礼音も涼も半信半疑の様子だった。那由多にいたってはすでに関心すら失った様子で、楽譜を弄《いじ》っている。賢汰がそんなメンバーの態度を見て、肩をすくめた。

「とりあえず、音だけでも聴こう。売りこんできたからには、相応のものを聴かせてくれるんだろう？」

「当然」

賢汰の問いに、深幸は自信満々に頷《うなず》いた。それを聞いて、賢汰が那由多に声をかける。

「いいだろう、那由多？　ドラムがいないと、次のライブの予定が立たない」

「……一度だけだ。二度はない」

ばさり、と乱暴にスコアが投げつけられる。

それがテストの合図だった。

ジャイロアクシアがドラムを募集していると聞いてから、練習にはいっそう熱を入れた。合コンは断り、デートも減らした。

ライブで聴いた曲。

ドラムだけが惜しいと思っていたその曲を、テストとはいえ叩《たた》ける。深幸はライブで聴いた音を思い出しながら、スティックを振るい続けた。

ラスト一打を力強く叩ききって、深幸は腕を下ろす。汗だくだった。こんなにも緊張した演奏は初めてだ。前のバンドでの初ライブより、緊張した。自信はあるつもりだし、全力を出し切ったつもりでもある。後は他のメンバーがどう思うかだ。

スタジオはしん、と静まりかえっていた。誰も言葉を発しない。そのまま……無言の時間が続き、だんだん深幸に焦りが出てきた。

ダメだったのか。

そう思いかけたとき、礼音がおずおずと口を開いた。

「あのさ……」

「お前は黙ってろ」

しかし、すぐに那由多が礼音を睨んだ。礼音は不服そうな顔をしながらも、口をつぐむ。

二人は同い年だと聞いていたが、力関係はずいぶんと那由多の方が上のようだった。

那由多が鋭い目を深幸に向ける。深幸は思わず姿勢を正していた。那由多が怒ったような口調で吐き捨てる。

「……その楽譜はくれてやる。全員、位置に着け」

「だったら、早く言えよ！　ダメなのかと思っただろ！」

「うるさい。怒鳴るな」

キャンキャンと子犬のように噛《か》みつく礼音を、那由多が冷たくあしらう。涼が唐突にベースの弦を弾いて、低い音が一瞬、スタジオに響いた。

「また星に帰る日が近づきそうだ」

星？　ランダムに音を鳴らしながら、そんなことを言う涼に深幸はあっけにとられた。天才ベーシストとは聞いていたが、ちょっとやばいヤツかもしれない。

「だいたい、お前はいつもそうじゃないか。もっとちゃんとだな……」

「さっさと準備しろ」

「人の話聞いてるのか!?」

礼音と那由多はまだ言い合っている。いや、礼音が一方的につっかかっているだけか。

「えっと……」

結局、自分のテストはどうなったのか。状況を摑《つか》みきれず困惑する深幸の肩を、賢汰がぽんと叩いた。

「合格ってことだよ。これからよろしくな」

人の良さそうな笑みで言われた言葉を、一瞬、理解できなかった。だが、マイクの前に立った那由多が深幸の方を向きもせずに言った台詞《せりふ》で我に返った。

「わかったらさっさと練習するぞ。さっきの曲だ」

『合格』したのだ、とようやく腑《ふ》に落ちる。

「よしっっ！」

深幸は盛大にガッツポーズを取り、スティックを高々と突き上げた。


だが、やはりジャイロアクシアは一筋縄ではいかなかった。

「……ドラム、もっと強くしろ」

「あ、ああ」

参加して二週間経っても、那由多が自分のことをドラムとしか呼ばないのには慣れた。しかし、那由多の要求する音はまだ出せない。

「今度は強すぎる！　力任せにやればいいってもんじゃねえ！」

「わ、悪い」

深幸だって未経験者なわけではない。むしろ、技術には自信があった。やれると思ったからこそ、ジャイロアクシアの門を叩いたのだ。それでも、実際に那由多と合わせてみると、自分の未熟さを思い知らされる。

礼音がフォローするように口を挟む。

「俺はさっきのでいいと思うけど。あれっくらい強い方が響くだろ」

「お前の耳は節穴か？」

「なんだと!?」

しかし那由多が礼音の意見を聞くわけもなく、今度は二人が睨み合いを始めた。自分が原因だと思うと、申し訳なさもあって深幸は二人の間に割って入る。

「まあまあ、落ち着けって、二人とも。次は少し抑えるから、もう一度頼む」

「いいだろう。さっさと始めるぞ」

那由多がマイクを握る。次こそは……と強く思いながら、深幸はカウントを取り始めた。


演奏を終え、深幸は疲労と緊張で汗ばんだ腕を下ろす。

そして、那由多の審判を待った。

那由多がゆっくりと振り向く。その目は氷のように冷たかった。

「これ以上、足を引っ張るならやめろ」

「っっ！」

またダメだった。

ライブまで、もうあまり日数はない。自信があると言って入った以上、甘えが許されないことはわかっている。けれど、どうすれば那由多の求める音が出せるのか、わからなくなりかけていた。

那由多が賢汰の方を見る。

「里塚、中途半端な音楽をやる気はない。中止も考えておけ」

「待てよ！」

もちろん、そんな横暴に礼音が黙っているわけがない。

「中止って……そんなの無責任だろ！　だいたい、界川さんは十分上手《うま》いじゃねえか！」

「何度も言わせるな。俺は中途半端は嫌いだ」

那由多が冷たく礼音を睨む。

「俺に文句があるなら出ていけ。お前のギターも褒められたもんじゃねえ」

「なっ……」

「他人のことを気にしてる余裕があるのか？　そんなお遊び気分で、俺の曲のギターを弾くんじゃねえ。邪魔だ」

にべもなく那由多に切り捨てられ、礼音が目を剝《む》いた。一触即発の空気に、深幸の肝《きも》が冷える。

　まずい。自分のせいで――。

「よし、今日はもう解散にしよう」

　礼音が再び那由多につっかかる前に、賢汰が手をパンパンと鳴らした。

「会場との折衝もあるし、中止にするかどうかは後日で。今日のところは個人練習に切り替えよう」

「でも、賢汰さん。ライブはもうすぐなんですよ？　みんなでやらなきゃ合わせられないじゃないですか」

「礼音、Ｂメロの入り、何度かミスってただろ。次までに完璧に仕上げてこい」

「それは、那由多が走りすぎるから……」

「今のアレンジに変えるのは、礼音も了承してのことだろう？　それともやっぱりできないのか？」

「できますよ！　次までに仕上げてくればいいんでしょうが！」

　ぶつくさ言いながらも、礼音が楽譜の指摘された箇所にチェックを入れ、ギターを下ろした。涼と那由多にいたっては、すでに後片付けを始めている。

　申し訳なさを感じながら、深幸は賢汰に話しかけた。

「ごめん、次までには絶対仕上げてくる」

「ああ、頼む。ライブを中止するとなると、いろいろ大変だからな」

賢汰が励ますように深幸の背中を軽く叩く。しかし、深幸にはその手がやけに重たく感じられた。


スタジオから出ると、那由多と賢汰とはすぐに別れた。

「じゃ、俺は那由多のボイトレに付き合うから」

「里塚、さっさと行くぞ。時間を無駄にするな」

「はいはい。いつものスタジオ予約しておいたから、行こうか」

早足で歩き始める那由多を賢汰が追う。その姿はさながら、主《あるじ》に付き従う忠実な執事のようだった。

礼音がやや気まずそうに深幸を見た。

「とりあえず、さつ駅まで歩きます?」

「あ、ああ、そうだな」

すすきのにある、いつもの練習スタジオから、札幌駅までは歩いて二十分ほどだ。練習が終わってからは、涼と礼音と深幸の三人で札幌駅まで歩いて帰ることが多い。この三人は札幌駅のバスターミナルからバスに乗って帰るためだ。すすきのから札幌までは地下鉄も通っているが、わざわざ二駅のために電車に乗るのも面倒なのだ。深幸は元々運動がてら歩くことが多かったが、礼音と涼もそれぞれの理由で電車より徒歩を選択していた。

そして、涼が空が見える方がいい、とたいてい地下空間よりは地上をてくてく歩いていくことになるのだった。

ときたま、那由多と賢汰が加わることもあるが、今日のように那由多が別のスタジオに移動し、賢汰がついていくため、三人だけで帰ることがほとんどだ。

「涼さん、行くよ」

「わかった」

しゃがんで野良猫《のらねこ》にちょっかいをかけていた涼に礼音が声をかける。涼が立ち上がり、三人は狭い路地を並んで歩き出した。会話はない。北海道とはいえ、七月の夜は少し暑いこともある。しかし、三人の間には冷たい風が吹いているようだった。

いつもなら気を遣って深幸があれこれと話しかけ、礼音がそれに応える形で会話が成り立つのだが、今日はそれどころではなかった。

深幸の頭の中で、ずっと那由多の言葉がぐるぐると回っている。

『これ以上、足を引っ張るならやめろ』

那由多は本気だった。短い付き合いだが、それがわかる程度には旭那由多という男について、理解できているつもりだ。

那由多は、誰よりも音楽に対して真摯だった。

真っ先にスタジオに現れ、出す音は完璧だった。その上で、自分が少しでも足りないと思えば、何度でもやり直すことを厭《いと》わない。たとえ、那由多以外の全メンバーが認めた音であっても、那由多自身が納得いかなければ、満足することはなかった。「妥協」という文字を辞書から削ぎ落とした音楽の皇帝。それが旭那由多だ。

一方自分はと言えば、自信満々でジャイロアクシアに入ったものの、ただの一度も那由多に認められたことがない。正直、なぜ入れてもらえたのかがわからなくなりそうだった。あれは、気まぐれだったのだろうか。

いや、那由多に限ってそんなことはない。つまり、あのとき那由多は確かに深幸の演奏を認めてくれたのだ。かろうじて、であったとしても合格は合格。その期待を裏切り続けているようで、胸が苦しかった。

「……あの、界川さん。メシとか、食っていきます?」

いつの間にか、狸小路《たぬきこうじ》のアーケード街に出ていたようで、居酒屋の看板が大量に目に入ってきた。適当な店を指差し、遠慮がちに礼音が深幸を見ている。

「あー……遠慮しとくよ。あんまり食欲なくてさ」

「……そっすか」

どうすれば那由多に認めてもらえる音が出せるのかで頭がいっぱいで、とても食事をして帰るような気にはなれなかった。だが、礼音が気まずそうに目をそらすのを見て、慌ててフォローを入れる。

「あ、でも、俺のことは気にせず、美園《みその》くんと曙くんはメシ食ってってくれてもいいよ。それならここで解散で」

「いや、俺も別に……。っつか、いいかげんその呼び方やめません？　礼音でいいですよ。界川さんの方が年上なんだし」

「今、高三だっけ。二つしか違わないじゃん。それにバンドじゃそっちが先輩なんだしさ。俺のことも深幸でいいよ」

「じゃあ……深幸さんで」

深幸と礼音が話していると、涼がひょこっと間に入ってきた。

「……俺も、涼でいいよ。深幸くんより年下だし」

「お、おう。涼……は大学一年なんだっけ？」

涼の独特の間合いに戸惑いつつ、深幸は話を振った。

「そう。地球に来てから十九年」

「地球？」

「俺は罪人だから。償いのために、ジャイロにいるんだ」

「へ、へー……」

軽い雑談のつもりだったのに、なんだかえらいことを聞いてしまった気がする。礼音が気にするな、と言うように深幸の肩を叩いた。

「涼さんに付き合えるのは賢汰さんくらいなんで、気にしなくていいですよ」

「ケンケン……マイフレンド」

「お、おう」

那由多といい、涼といい、ジャイロアクシアにはなかなか癖の強いメンバーが多い。その中でリーダーを務めている賢汰には素直に感心する。

（ちょっと那由多ばっかり贔屓《ひいき》しすぎてる気がするんだけどな……）

賢汰は那由多の言うことだけは否定しない。今日のライブを中止にする、と言う発言に対しても「後日で」とは言ったものの、反対していたわけではない。おそらく深幸が那由多の眼鏡《めがね》にかなう演奏ができなければ、賢汰はライブを中止にするだろう。叩かれた背中に感じた重さの正体は、きっとプレッシャーだ。

ジャイロアクシアというバンドに関する、人間関係のバランスの悪さ。練習で那由多に怒鳴られ続けるうちに、深幸はそれを感じ始めていた。ある程度わかってはいたことだが、このバンドはやはり那由多が全ての中心だ。

となると、やはり那由多の認める音を出さなければ、ジャイロアクシアにはいられない。いてもたってもいられなくなった。無理だとわかっていても、今すぐスタジオに駆け戻って、練習を再開したくなる。

「あの……気にすることないっすよ」

「え？」

かけられた声に顔を上げれば、礼音が気遣うような目で深幸を見ていた。

「那由多、いつもあんな感じですし。っつか、ちょっと言い過ぎでしょ。せっかく来てくれたドラムなのに、感じ悪すぎ」

相当、那由多への鬱憤が溜《た》まっているのか、地面を蹴りながら礼音が愚痴る。

「いや、新参の俺がジャイロに合わせられてないのが問題だからさ。こっちこそ、空気悪くして、練習中断させちゃってごめん」

「あ、いえ……よくあることですから」

「よくあるんだ」

「だから、那由多が我《わ》が儘過《まま》ぎるんですよ！　あの曲、本当はサビに俺のギターリフががっつり入ってたのに、カットされたし！　その前だって……」

礼音の眉間の皺がどんどん深くなる。

二人の少し先を歩いていた涼がぽつりとつぶやいた。

「那由多は一等星だから」

「那由多は一等星……か」

そのつぶやきは、やけにしっくりきた。アーケード街の屋根が途切れ、夜空が見える。明るい札幌の街中ではほとんど星は見えないが……それでも、街の灯りに負けずに輝いている星はあった。那由多のように強く光る星。

「それはわかるな。俺は那由多の歌を聴いてジャイロに入りたいって思ったからね」

「モテたいからじゃなかったんですか？」

「あの歌に合わせられる演奏ができれば、そりゃモテるでしょ」

空を見上げる。

一際明るく輝いている星に、深幸は手を伸ばした。自分もあの星のようになりたい。

「だからさ、頑張って那由多に認めてもらえる演奏をしないとな」

「うっわ、やべえ初めてまともな人間がジャイロに来てくれた……」

礼音が口元を押さえて、感動に震える。そのまま礼音が深幸の手をがっと握った。

「深幸さん！　絶対ジャイロやめないでくださいね！　俺、応援してますから」

「あ、ああ。ありがとう」

その勢いに、今までのジャイロアクシアでの礼音の立ち位置が見えた気がした。さぞかし苦労してきたのだろう。

しかし、どうすれば那由多の納得いく演奏ができるのか……。わからないが、ジャイロアクシアのメンバーでいるためには努力するしかない。

「次の練習まで、頑張って自主練するよ。まだ、やりこみきれてないしな」

「頑張る必要、ないと思うけど」

いつの間にか、隣に立っていた涼がそう言った。

「は？　どういう意味だよ」

「ただ、那由多の音を聴けばいいだけだよ」

こともなげに言う涼に深幸が苛立《いらだ》った。涼が那由多に怒鳴られることはほぼないと言っていい。いつも涼しげな顔で、さらりと正確無比な演奏をする。摑み所のない涼だが、那由多とは違った意味でまぎれもなく天才だった。汗を流して、手にマメを作って、努力しても那由多に認められない自分が否定されたように感じる。

「ちゃんと聴いてるつもりだぜ」

それとも、涼にはわかっていて、深幸にはわからないことがあるんだろうか。

「だったら、それで十分」

涼は興味を失ったように、すたすたと空を見上げたまま、歩きだした。

「星座は、一等星だけでできてないからね」

謎かけのような独り言に深幸は苛立ちながら、首をかしげた。

「だから、何が言いたいんだよ!!」

追いかけ、問い詰めようとしたところで、涼が盛大につまずいた。慌てて、深幸は涼の腕《うで》を摑《つか》む。

「ありがとう」

「涼さん、いつも言ってるけど、空ばっか見て歩くと危ないよ。この間は電柱に向かって歩いていったでしょ」

礼音が呆れたようにため息をつく。涼はしれっとした顔でまた空を見て、そして足下に視線を移した。

「そうだね。……星ばかり見てると、足下がおろそかになる」

とらえどころのない瞳で、じっと見つめてくる涼に、もしかして今の言葉は助言なのかと深幸は思った。その意味を知りたくて、深幸は涼に尋ねる。

「足下……もっと基礎的なことを見直せってことか？」

しかし、涼は軽く首をかしげて、駅を指差した。

「ところで、駅に着いたけど……」

話しているうちに札幌駅に着いてしまっていた。

「あ、バス来てる。それじゃ、また！　頑張ってください！」

「俺も。……またね」

二人ともバスターミナルの方へ走っていってしまった。一人、置いていかれた深幸は足下を見つめる。

「足下ねえ……？」

賢汰に聞けば、涼の助言めいた台詞の意味もわかるのかもしれないが、那由多のボイトレに付き合っているところを邪魔するわけにはいかない。

答えはまだ見えない。

だが何もせずに次の練習を待つようでは、ますます那由多に失望されるだけだ。

「とりあえず、帰って自主トレするか」

家で派手にドラムを叩くわけにはいかないが、ドラムパッドを使った練習はできる。今は少しずつでも、できる努力を積み重ねていくしかない。今までだって、そうして欲しいものを摑みとってきたのだから。女の子にモテる話術も、見た目も、筋肉も、ドラムの技術も全て努力の積み重ねだ。なら、同じことをするだけ。

全ては那由多に認めてもらうために。

拳《こぶし》を握って歩き出す深幸の背中を応援するように、星が瞬いた。

サンドバッグに深幸のしなやかな足が叩きこまれる。

パァンっと乾いた破裂音を立て、青い円柱が揺れた。深幸は深く息を吐くとゆっくり足を下ろす。不機嫌に眉根《まゆね》を寄せると、もう一度構えをとった。

今度は連続で、軽い蹴りを何度も浴びせていく。小刻みに響く打撃音は、自然とリズムを取り始めていた。

キックボクシングは、音楽同様、モテるために始めた深幸の趣味だ。バンド活動へと本格的に舵《かじ》を切ってからも、ドラマーに必要な体力や筋力を維持するためも兼ねて、週に三度は札幌駅の北口にあるジムへ通っていた。

ワイヤレスイヤホンからは、ずっと那由多の歌が聴こえている。そのリズムに合わせるように、深幸は繰り返し、サンドバッグを蹴りつけた。

気持ちが焦る。

午後からは、ジャイロアクシアの練習がある。だが、今日も那由多に認められる演奏ができるのか……解決の糸口は見えなかった。

技術には自信がある。楽譜が書きこみでボロボロになるほど、読みこみもした。昨日は個人でスタジオを借りて、一日中練習もしていた。それでも……それでも、足りない気がする。旭那由多という、遥《はる》か高みを行く男に追いつけているのか、自信が持てない。

焦りと不安を抱えたまま、深幸はジムに来ていた。習慣となっていることをやらないのは気持ち悪いし、何よりトレーニングは一日サボると取り返すのにその三倍はかかる。筋肉と体力は努力した分だけ応えてくれるのだから、自分がそれを裏切るわけにはいかない。チャラチャラした見た目とは裏腹に、深幸はストイックに努力を積み重ねることをけして厭わない性格だった。

だからこそ、袋小路に入りこんでしまっているとも言えた。

「どうすりゃいいんだよ……クソっ！」

苛立ち紛れに乱暴にサンドバッグを蹴りつける。じん、と鈍い痛みが足に響いた。先日、涼に言われた言葉が妙に頭にひっかかっていた。

『ただ、那由多の音を聴けばいいだけだよ』『星座は一等星だけでできてない』『……星ばかり見てると、足下がおろそかになる』

涼はいつも『宇宙の音が聞こえる』とか『星に帰りたい』とか不思議なことばかり言っているが、あのときは少し違っているように感じた。

助言めいた涼の台詞《せりふ》の真相が知りたくて、賢汰に相談もしてみた。しかし、賢汰から返ってきたのは——

「……なるほどね。涼の言いたいことはわかった。だが、それが理解できないヤツにはジャイロアクシアのメンバーでいて欲しくはないな」

「なっ……」

「次の練習までに答えを見つけておいてくれ。ライブを中止にするとなると手間がかかる。那由多は言い出したら聞かないからな」

というそっけないものだった。

(あの野郎……俺のことは、いくらでも替わりの利く道具だと思ってやがる)

いや、深幸だけじゃない。おそらく賢汰にとって、那由多以外のメンバーは全員そうなのだ。腹立たしい。怒りで頭がかっと熱くなる。

(今までのドラムと同じように、使い捨てられてたまるかよ!)

那由多のシャウトに合わせて、力任せに足を振り抜く。

「っと、やべっ……！」

蹴り足にばかり意識がいっていたせいで、軸足がおろそかになっていた。バランスを崩し、転びかけたところをなんとか立て直す。無様な姿を晒《さら》すのは深幸の美意識に反する。

（いくら考え事してたからって、今のはねえよな。基本中の基本じゃねえか）

蹴りにおいて、軸足の安定は重要だ。軸になる足がしっかりしていなければ、威力のあるキックは放てない。さっきのようにバランスを崩して転びかける、なんていうのはかっこ悪いにもほどがある。

軸足はバンドにおけるリズム隊――ベースやドラムのようなものだ。土台が強固であれば、それだけ上に多くのものを重ねられる。より高みを目指せるのだ。

「……あ」

かちり、と何かがはまった気がした。

那由多に認められる音を出したいと逸《はや》るばかりに、自分は大きな勘違いをしていたのではないか。『ただ、那由多の音を聴けばいいだけだよ』、その本当の意味が心に染みこんでいく。必要なのは那由多に勝つ音ではなく、那由多を支えられる音だ。

旭那由多という天才が、どこまでも高く羽ばたけるように支えるのが、自分に課せられた使命なのだ。

そう気づいた瞬間、いてもたってもいられなくなった。即座に大学でバンドをやっていた頃のサークルメンバーに連絡をとる。

「ああ、俺、俺。悪いんだけどさ、スタジオ貸してくれねえ？　すぐに叩きたいんだよ」

通話を切り、乱暴に汗を拭う。

そして、最後に一度、流れるように綺麗《きれい》な回し蹴りをサンドバッグに打ちこみ——深幸はジムを後にした。


「……俺に指図するな」

「だから、もうちょいわかりやすく言えっつってんだろ！」

「わからない方が悪い。よくそんな鈍い感性でいられるな」

「おまっ、だから、そういう言い方……！」

深幸がスタジオに着くと、那由多と礼音が口論中だった。

「悪い。遅くなった」

謝ると礼音が首を横に振る。

「まだ時間になってないですよ。那由多が早く来すぎなんです」

軽く汗をかいているところをみると、すでに練習を始めていたのかもしれない。賢汰がギターの弦を調整しながら、肩をすくめた。

「まあ、ここのスタジオは無理が利くからな」

「賢汰さんは那由多を甘やかしすぎです！」

「那由多に最高のパフォーマンスを発揮してもらうためだ。別に甘やかしているわけじゃないさ」

　ジャイロアクシアに入って間がない深幸でさえ、聞き慣れたやりとりだ。相変わらず、賢汰は那由多のためならば、面倒事を厭わない。ここだけでなく、いくつかのスタジオと交渉して、那由多がいつでも練習に使えるようにしているんだろうな、と思う。ライブハウスとの折衝など、外面はいい男だ。だが――

「それより、礼音。あのギターリフはカットだと何度も言ってるだろう？　余計なことを言うより、まず言われたことを完璧にしろ」

　礼音に向ける言葉は淡々として、冷たい。常に冷静だと言えば聞こえはいいが、那由多以外のバンドメンバーに対する賢汰の態度には、やはりひっかかるものがある。取り替えの利く道具だとしか思われてない。必要なのは、那由多に従える人間だけ。

「だから、その理由が……」

　なおも言いつのる礼音を、那由多がばっさりと切り捨てた。

「聴くに堪えない。やめろ」

「なっ……だったら、もっと上手《うま》くやってやるよ！」

「そういう問題じゃねえ」

「お前が気にくわないだけだろ!! 前のライブで客にはウケてた！」

「……なら、一人でやれ。俺の音楽では許さねえ」

さすがに見かねて、深幸が間に入る。

「もう一度くらい、試しに聴いてやってもいいんじゃないか？ 俺も聴いてみたいしさ」

だが、那由多より先に賢汰が言い返してきた。

「いや、那由多が決めた以上、変更はない。礼音、いい加減にしろ。これ以上、貴重な練習時間を無駄にするな」

「おいおい、そこまで言うことないだろ。バンドメンバーなんだ。ライブはこのメンバーで作り上げるものだろ。だったら……」

「……うるさい」

深幸の言葉を那由多が遮った。

「これ以上、くだらねえことで時間を無駄にするなら、俺は帰る」

堪忍袋の緒が切れる寸前だと悟り、礼音が渋々引いた。

「……わかったよ。すみません、深幸さん。練習、始めましょう」

「俺はいつでも準備オッケー」

一人、マイペースに楽譜に落書きをしていた涼が片手を上げる。

礼音のフォローをしてやりたかったが、これ以上は何を言っても無駄だ。それに――

「礼音より、まず自分のことだろう？　答えは見つかったか？」

深幸が気にしているところを賢汰がぐさりと刺してきた。

「今日は頑張ってくれよ。そろそろチケットを手配しないとまずい。代理のドラムを頼むにしても、中止にするにしても、やることは多いんだ」

そう言って、深幸にプレッシャーをかけてくる視線にはわずかの甘さもない。まるで道具を見る目だった。使えるか、使えないか、値踏みする目。

「手間はかけさせねえよ」

カチンとくるが、深幸だって勝算もなく今日を迎えたわけじゃない。

「さっさと始めるぞ。ただでさえ、時間がないんだ」

那由多が不機嫌そうにドラムを顎《あご》で指した。

「ああ、わかってる」

位置に着くと、礼音が心配そうにひそひそと声をかけてきた。

「……大丈夫ですか？」

「ああ。今日こそ、認めてもらうさ」

力強く頷く。百パーセントの自信があるわけじゃない。見つけた答えが間違っていたら……と思うと、手が緊張でじっとりと汗ばむ。

それでも……それでも、この場所は誰にも譲れない。譲りたくない。

那由多の背中を見て、彼の音を支えられる、この場所は。

「早くしろ」

焦《じ》れたように那由多が声を上げる。賢汰が意味深な目を深幸に向けてきた。実力を見てやろうと言わんばかりの上から目線にいらっとくる。

(見てろ。いつまでも、すましたツラさせねえからな！)

大きく深呼吸し、カウントを取り出す。

深幸の運命を決める一曲が始まった。


礼音は演奏が始まってすぐに気づいた。

今までの深幸のドラムとは、何かが違う、と。

はっきりとどう変わったのかは、ドラマーではない礼音には説明しづらい。けれど……

今までの深幸より、いや、今までのどんなジャイロアクシアのドラムよりも、弾きやすかった。曲のリズムに乗るのが、ひどく気持ちいい。

強烈に引っ張っていくわけじゃない。ただ、しっかりとした道を、どこまでも走っていけるような……今なら、どんなアレンジを決めても「大丈夫」、そんな気がする。

深幸のドラムが持っていた力強さが失われたわけではない。パワフルな響きは健在だった。だが、その響きが何か違う。どこか違う。

強く、逞《たくま》しく……そのくせ、どこか「優しい」音が、那由多の強烈な癖に繊細な声をしっかりと支えていた。

そして、礼音の耳は捉える。

リズムに乗って、那由多の声がいつもより伸びやかに響いていくのを。


演奏を終えた瞬間、どっと全身が重くなり、深幸は天井を仰いだ。

とくに、ずっと気を遣っていた下半身に、緊張から解き放たれた反動で熱く鈍い痛みすら感じる。ふくらはぎと、太もものつけ根がジンジンと熱を持っている気がした。

観客にわかりやすいパフォーマンスをつけられる腕ではなく、足……バスドラムの踏み方を変えた。より、那由多の声に沿うように。那由多は気づいてくれただろうか。そして……その音を認めてくれるだろうか。

緊張に身を固くしながら、那由多の言葉を待つ。

那由多は深幸の方を振り向かなかった。

その手が軽く上がる。

「ぐずぐずするな。もう一度だ」

中止と言われなかった。

もう一度。那由多からすれば最上級の褒め言葉に近いそれに、深幸の鼓動が高鳴る。やった、認められた。感動に打ち震えていると、那由多が振り向き、ぎろり、と深幸を睨みつけてくる。

「聞こえなかったのか？　時間がない。あと三回は通してやる。他の曲もだ」

那由多に認められて嬉しかったのもつかの間、容赦のない宣告に深幸の片頬《かたほお》が引きつった。今、全力で演奏したばかりだ。

まだ慣れない叩き方は、完璧にするにはかなり神経を使う。体力には自信があるが、それとは違う部分で気力がごっそり持っていかれる。正直、少し休憩を入れたい。だが――

「まぐれじゃないところを見せてくれよ」

挑発するように賢汰にそう言われれば、弱音を吐く気が失せた。

「ああ、ジャイロアクシアのドラムは俺しかいないってことを見せてやるよ」

言い返して、腕まくりをする。

そんな深幸に賢汰が勝ち誇ったような笑みを浮かべる。

「だ、そうだ。今日中にライブのセトリ曲、全部仕上げようか」

……この野郎、いつか泣かす。

賢汰への怒りでこめかみをひくつかせながら、深幸はスティックを振り上げた。


いよいよ、ライブ当日となった。

控え室で、深幸は今日のセットリストを見返していた。

他のメンバーも思い思いの姿で、開演を待っている。イヤホンで曲を聴きながら目を閉じている那由多、ギターを神経質なまでにチューニングしている礼音、マイペースに星座図鑑を見ている涼……。賢汰はこの場にいないが、ライブハウスのスタッフと打ち合わせしているのだろう。チケットの売り上げは上々、この分なら満員になりそうだ。

大きく伸びをすると、深幸はようやくここまでこれた感慨に息を吐いた。ひたすら練習し続けた毎日を思い出す。

深幸の演奏を那由多が認めてからは、地獄の練習が続く日々だった。

あれから……さすがにライブを中止にするとは言い出さなかったものの、緊張が切れ、わずかでもミスすれば怒鳴りつけられ、何度でもやり直させられた。

礼音も同じくらい怒鳴られているのではないだろうか。もっとも礼音の場合は言われっぱなしではなく、那由多に反発するので二人の間で口論になることもしばしばだ。

怒られる頻度でいえば、賢汰も似たり寄ったりだが、賢汰が那由多に言い返すところを見たことはない。唯々《いい》諾々《だくだく》と那由多に従っている。演奏に関することで、礼音と那由多が口論になれば、絶対に那由多の側につく。拗《す》ねる礼音を深幸が間に入ってなだめることも多かった。

賢汰のそういう那由多至上主義なところについて、納得する部分もあるものの、もやもやはしている。那由多の音に対する感性は鋭く、確かだ。しかし、それを指摘するときの容赦のなさは、精神的にタフな深幸でさえ、ときどき傷つく。いつも飄々《ひょうひょう》としている涼は何も感じていないのかもしれないが……礼音はけっこう鬱屈を抱えこんでる気配がある。

（バランス悪いよなぁ……）

賢汰がせめてメンバー以外……スタジオやらライブハウスやらに向ける、あの外面の良さをメンバーにも少しは発揮してくれれば、と思わないでもない。那由多の刃に切りつけられる相手にフォローを入れてくれれば……と。

那由多は切れ味の鋭すぎる剣だ。そこが魅力でもある。

だが、鞘《さや》となる人間が必要な気がした。そして、それは賢汰ではできない。あいつは、那由多の切れ味を増すことしか考えてない砥石だ。

（しょうがない。そこは俺が頑張るか）

このライブを乗り越えられれば、正式にジャイロアクシアのドラムになれる。その後は自分の努力次第だろうが、他のヤツにこの座を譲る気はまったくない。

那由多のことは気に入っている。

確かに傲慢で口が悪くて言葉が足りないが、それを補ってあまりあるほど、那由多には音楽の才能がある。性格だって、那由多はまだ若いのだ。これから、プロを目指す過程で様々な人間と関わっていけば、変わっていける。

いろいろとぶつかることも多いだろうが、そこは深幸がフォローに入ればいい。賢汰は……そういう意味ではあまり信用ならない。

（ま、年上の役目だよな）

と、そこまで考えたところで、深幸はうろんな顔で振り返った。深幸の長い髪を涼が編みこんでいる。

「……で、お前、何やってんの？」

「題名、ベラトリックスの行進。会心の出来だと思う」

鏡を見てみれば、ツインテールにカラフルなヘアピンをつけまくった、謎の髪型にされていた。

「おっまっえっなあ〜!! 本番まで間がないのに何やってんだよ! ああ、もう!」

慌ててほどくものの、編みこまれていた部分には微妙な癖がついている。

「ワックス、ワックス……」

「……せっかくの作品が」

「うるせえ! あんな髪型で出られるか!」

涼が残念そうに肩を落とすが、無視してワックスを探す。賢汰の代わりにバンドメンバーのフォローは自分が……と考えていたが、涼に関しては無理かもしれない。何を考えてるのか、さっぱりわからない。

礼音がタオルとドライヤーを深幸に差し出す。

「深幸さん、軽く濡《ぬ》らして乾かした方が早いんじゃないですか?」

「そうだな。そうするわ」

深幸がそれを受け取り、トイレに行こうと立ち上がった瞬間——

突然、控え室のドアが乱暴に開いた。

一瞬、賢汰が戻ってきたのかと思ったが、違った。

「那由多……」

呼びかけられた那由多は顔を上げようともしない。さすがにそれはないいんじゃないかと深幸が動きかけたとき、礼音が声を発した。

「信也《しんや》さん……」

そこに立っていたのは深幸の知らない青年だった。年は同じくらいだろうか。純朴そうな顔立ちをしている。

「知り合いなのか？」

深幸が尋ねると、礼音は頷《うなず》いた。

「ジャイロアクシアの初期メンバーで……ってか、前のバンドから一緒だったんですけど、ジャイロ始めてすぐに、やめることになっちゃって……」

歯切れの悪い口調から、那由多がいつもの調子で追い出したのだろう、と悟る。

礼音がさりげなく信也と那由多の間に入るようにしながら、声をかけた。

「し、信也さん、ライブ、見に来てくれたんですか？　もうすぐ開演ですから、席の方で待っててくださいよ。っつか、那由多、お前、せっかく来てくれたんだから、挨拶くらいしろよ！」

だが那由多は目を開けると、イヤホンを外すことなく、地獄の底のように冷え切った声で言った。

「……邪魔だ。出ていけ」

「なっ……」

礼音が顔色を変える。だが、それ以上に信也の変化の方が劇的だった。完全に絶望しきった顔で那由多を見つめる。

「……なんでだよ。俺は、お前を選んだのに。やめてからだって、ずっとお前に認めてもらうためだけに練習してきたのに。演奏、データで送っただろう？　なんで、返事すらくれないんだよ！」

「………」

「ドラム、何人代わった？　どうせ、今回のヤツだって、すぐにお払い箱だろ？　だったらさ、もう一度、俺を入れてくれよ！　今度こそ、お前の言う通りにするから！　お前に……那由多に相応《ふさわ》しいドラムになってみせるから！」

必死にまくしたてる信也に、深幸の胸が痛んだ。信也の手はドラマーの手だった。練習を重ねてきた人間の手だ。自分と同じように、那由多のために努力を重ねてきたのだろう。

信也は、あり得たかもしれない、もう一人の深幸だった。切り捨てられた道具。それでも諦めきれない、その姿。

さすがに那由多も何か言ってやってもいいんじゃないだろうか。もちろん、自分がドラムから降りるつもりはないが、一言くらいあっていいはずだ。少なくとも、送られてきていたという演奏についてくらいは——

「何度も言わせるな。……出ていけ」

「そんな……俺の、演奏は……」

「知らん。失せろ」

とりつく島もなかった。

最後まで顔すら見ようともしなかった那由多に、信也の顔が紙のように白くなる。

「俺はっ、お前のために何もかもっ……！」

信也がぐっと拳を握りしめた。

「那由多ぁぁぁぁぁっっ!!」

叫びながら、その拳が振りかぶられる。

深幸は弾かれるように、那由多と信也の間に飛びこんだ。

「やらせるかよっ！」

その拳が那由多に届くより早く、深幸の長い足が信也へ振り上げられる。

「ひっ」

自分へと向けられた鋭い蹴りに、一瞬、信也の体が硬直した。その眼前で深幸の足がぴたり、と止まる。

「あ……」

怯え、固まる信也を深幸はじっと見た。

「やめろ。殴ったって、何もならないだろ。そんなことで大事な指を痛めるなよ」

深幸の言葉に、信也が泣きそうに顔を歪《ゆが》めた。

「なんで、それをお前が言うんだよ……俺の居場所を奪ったお前が、なんで……」

がくり、と信也が膝《ひざ》をつく。

誰かが呼んだのか、ばたばたとスタッフが駆けつける足音が廊下から聞こえてきた。


「お手柄だったな」

賢汰に肩を叩かれ、深幸はじろりとそのすました顔を睨んだ。

涼から賢汰に連絡が行き、そのまま賢汰がライブハウスのスタッフを連れて、やってきたのだった。

信也はスタッフに両腕を押さえこまれている。もう抵抗する気力すらないのか、大人しくされるがままに立ち上がる。

未練がましい目が那由多に向けられた。

「那由多、ごめん……でも、俺、もう一度だけでもお前と……」

礼音が耐えかねたように、那由多の肩を摑み、イヤホンをむしりとった。

「那由多！　お前、何か言ってやれよ！　一度は仲間だったじゃねえか！」

だが、那由多はうっとうしそうに礼音の手を振り払い、不機嫌を隠しもせずにイヤホンを奪い返す。

「……俺に指図するな。集中を乱すな」

「那由多、お前な……」

信也とは初対面の深幸でさえ、見かねて間に入ろうとする。せめて、何か一言くらい……

しかし、それを賢汰が止めた。

「逆恨みだ。那由多が何か言う必要はない」

連れていけ、といわんばかりにスタッフに頷いてみせる賢汰に、深幸は食ってかかった。

「そりゃないだろ！　納得いくように……は難しいかもしれないけど、せめて……」

しかし、それを遮ったのは当の信也だった。

「……もう、いいよ。俺が那由多に相応しい腕になれなかっただけだ。本番前に騒がせて悪かった」

それだけを告げて、信也はスタッフに連れていかれた。放っておけなかったのか、礼音が彼に付き添っていく。重苦しい空気が控え室を支配する。ふと、嫌な予感がして、深幸は賢汰に問いかけた。

「もしかして、あいつから送られてきた演奏データって、お前が……」

「処分した。那由多の耳を煩わせるほどのものじゃなかったからな」

あまりにもあまりな台詞に、深幸の頭にかっと血が上った。今、わかった。賢汰が道具だと思ってるのは、深幸たちだけじゃない。那由多だって同じだ。こいつは那由多を人間として見ていない。ただ『那由多の音楽』だけしか見ていない。

だから、バンドメンバーとの間も取り持たない。那由多だけを崇拝し、那由多の言うことだけに従う。賢汰は那由多の歌さえあればいいのだ。

「お前のそういうところがっ……！」

深幸は、思わず賢汰の胸ぐらを摑んでいた。

だが、賢汰は動じることすらなく、ずれた眼鏡を直し、淡々と告げる。

「開演時間だ。客が待ってる」

事実だった。

今はこれ以上、何を言ってもこいつはきっと変わらない。

「……今に見てろ。お前だけの好きにはさせない」

「那由多の邪魔さえしなければ、好きにしてくれていいさ。俺の望みは那由多が最高の音楽をやれることだけだ」

深幸は苦虫を嚙みつぶしたような顔で、手を離した。そのタイミングで礼音が戻ってくる。スタッフも一緒だ。

「出られますか？」

心配そうなスタッフに賢汰が
「大丈夫です。すぐに出ます」

と答える。そして、那由多に視線を向けた。

「那由多、問題ないな？」

信頼に満ちた一言。那由多は片眉を動かすと、ゆっくりと立ち上がった。

「誰に向かって聞いてる？　問題なんかどこにもない」

ジャケットを羽織り、那由多が歩き出す。

「ここからは、俺の時間だ」

傲然と歩むその背中は、さっき殴られかけたことなどまるでなかったかのようで。

王者の風格だけが、そこにあった。


それでも、ステージに上がると、深幸は少し心配になった。

さして広くないホールだが、満員だ。

もう、客席に向かう那由多の背中しか見えない。

さっき見た限りでは、突然のトラブルは那由多に何の影響も及ぼしていないようだった。

だが、那由多だって、まだ十七歳の少年だ。多少なりとショックを受けていたって、おかしくはない。強がっているだけの可能性だってあった。

なのに、なんのフォローも入れず、ステージに上げた賢汰にむかついている。なんなんだ、あの那由多なら大丈夫と言わんばかりの態度は。

泣かす。いつか、絶対泣かす。

賢汰への怒りを燃やしていると、那由多がちらりと目線を深幸に向けた。

始めろ、というその合図に深幸も覚悟を決める。

そうだ。もうここはステージの上だ。心配している暇はない。

深幸はスティックを掲げると、カウントを取り始めた。

最初のフレーズを那由多が歌い始めた瞬間、心配は吹き飛んだ。

(やべえ……ここまでかよ!)

練習でも、那由多のすごさは十分にわかっているつもりだった。

しかし、『本番の那由多』はさらにひと味もふた味も違った。

元々の強烈で、鮮烈で、そのくせどこか繊細な響きを持った声に、熱が籠もる。その熱は観客に伝播《でんぱ》し、狭いライブハウス全体がまるで炎に包まれたように熱くなる。

熱狂は曲が進むごとに高まって、客だけでなく、深幸たち他のメンバーまでが引っ張られていくのがわかる。

もっと、もっと上へ。もっと、もっと先へ。

那由多と一緒なら、那由多の声と共になら、どこまでも行ける。

引きずられて、前に出すぎそうになる自分を深幸は必死で律した。ダメだ、ここで抑えろ。自分がすべきことは、那由多の音を支えることだ。

だけど、体が熱くなるのを止められない。

那由多の歌は人を狂わせる歌だ。

その音は、その声は、自分にも翼が生えていると錯覚させる。たとえ、太陽に焼かれるとしても、那由多と共に羽ばたくことをやめられはしない。

ジャイロアクシアは那由多のためにあるバンドだ。わかっていたつもりだったが、甘かったことを今、深幸は思い知っていた。

礼音が何度打ちのめされても、ジャイロアクシアをやめないのか。賢汰がなぜあれほどに那由多を優先するのか。

那由多がいろんな人間をその刃で傷つけるのも知っている。きっと那由多を恨んでいる人間は信也だけじゃないだろう。

でも、しかたない。しかたないのだ。

この歌を聴いてしまえば、旭那由多というボーカリストを崇拝するしかない。

那由多の歌は那由多にしか歌えない。こんな音は那由多にしか出せない。唯一絶対の神の歌声からすれば、深幸も礼音も賢汰も凡人だ。涼は若干、違うかもしれないが。

それでも、この歌と一緒に音楽をやることを絶対に諦められないだろう、と思う。

ダメだ。

もう、体が勝手に動く。那由多の歌と共に音楽を奏でられる幸せを止められない。

この熱狂を、この快感を知ってしまえば、ジャイロアクシア以外のバンドになんてまったく行く気になれなかった。

今まで以上に強く思う。

もう絶対に、この場は誰にも譲れない。譲らない。

礼音が感極まったかのように、ギターをかき鳴らした。涼のベースが体の芯に心地よく響く。賢汰のギターは……むかつくが完璧だ。

観客の熱狂が最大限に上がる。

全ての楽器の音と、那由多の声が完璧に噛み合って、至上の音となる。その快感に深幸は完全に酔っていた。

（信也……悪いな。お前がどれだけ努力しても、ジャイロアクシアのドラムは俺のものだ）

あいつにも他のヤツにも、渡せない。

（俺が……俺がジャイロアクシアのドラムだ！）

そう宣言するように、深幸は力強くドラムを叩いた。

「っ、疲れた……」

ライブを終え、深幸が控え室で横になっていると、突然、顔がタオルで覆われた。

「……ん？」

顔を上げると、那由多が深幸を見ている。どうやら、タオルを投げてくれたのは、那由多のようだった。珍しいこともあるもんだ、と戸惑いながらも汗を拭う。

ジャイロアクシアのライブグッズとして売られているそのタオルは、意外と吸水性が高くて、心地よかった。

「……次はもうちょっとマシにやってみせろ」

そう言うと那由多は自分も汗を拭って、視線をそらした。

「ライブ前に何があろうと関係ない。無様な演奏は許さねえ」

ばっさりと言う那由多に、礼音がすぐさま噛みついた。

「お前が恨みを買うような言動をするからだろうが！」

「……知るか」

礼音はぎゃーぎゃーと那由多に文句を言ってくれていたが、深幸はちょっと感動していた。タオルを投げてくれたことといい、那由多なりに気遣ってくれた……ような気がする。気のせいかもしれないが。

それに「次」と言うことは、那由多は自分をジャイロアクシアのドラムだと認めてくれているのだ。なら、それでいい。ここまで十七年で培われた性格が一朝一夕で変わるとも思わない。……それを助長するだけの賢汰のような態度は論外だが。

深幸は礼を言うようにタオルを掲げてみせると、にやっと笑った。

「次は完璧にやってみせるさ」

「当然だ」

「でも、今日のちょっと心臓《しんぞう》に悪かったたな。これ以上恨みを買うような真似は慎んでくれよ。お前は大事なボーカルなんだから」

とはいえ釘《くぎ》は刺しておく。これですぐに変わるわけでもないが、千里の道も一歩からだ。

（那由多は王だ。だけど、危うい。音だけじゃなくて、そういう部分を俺が支えてやる）

きっとそれは賢汰にはできないことだろうから。

タオルのお返しとばかりに、那由多にミネラルウォーターを放り投げる。

那由多は一瞬、怪訝《けげん》な顔をしたが、大人しく受け取ると一気に飲み干した。

深幸から受け取った水を那由多が飲むのを見て、賢汰はうっすらと微笑《ほほえ》んだ。

ようやくドラムが安定しそうだ。

これで次に行ける。

ジャイロアクシアの覇道はまだ始まったばかりだ。

第二話

流星に誓いを立てて

怒号にも似た歓声がライブハウスを揺らした。

すっかりおなじみになったすすきのの中規模ライブハウス。フロアを埋め尽くす満員の客から、ジャイロアクシアへのアンコールが飛ぶ。

その声に応え、那由多《なゆた》が拳《こぶし》を突き上げる。

「次で最後だ。……行くぞ」

愛想の欠片《かけら》もない声だが、観客は熱狂で応えた。賢汰《けんた》のギターソロから、アンコールの曲が始まる。那由多が歌い出すのに合わせて、礼音《れおん》もピックを滑らせる。賢汰と礼音、氷と炎のような異なる二つのギターが重なり合って、迫力と繊細さを兼ね備えたサウンドが生み出されていく。

全身汗だくになりながら、弦をかき鳴らし、礼音は歓声に酔っていた。ライブの最後はいつもこうだ。全力で演奏し、緊張と疲労で心臓《しんぞう》がばくばくしている。なのに、指はいっそう激しく『最高の音』を求めて動く。

この瞬間が好きだ。

深幸《みゆき》と涼《りょう》の刻むビートが鼓動を昂《たかぶ》らせる。賢汰の奏でる正確無比なメロディと那由多の帝王のごとき歌声。そこに礼音のバッキングが加われば完璧だ。

今日の客は今までで最高にノリがいい。練習通りじゃ物足りない。フロアとステージに渦巻く熱気に乗せられるまま、礼音はよりパワフルな演奏へとアドリブを加える。

派手なアルペジオ。

一瞬、混じる不協和音が、那由多の声とぶつかり合い、火花を散らすように互いの音を高め合って、爆発した。

観客のボルテージが最高潮になる。

大きなうねりに酔いしれるまま、礼音は弾き続けた。

そして——最後のワンフレーズを弾き終えれば、ピックが弦を弾く振動が、指《ゆび》から肘《ひじ》まで伝わって、じん、と熱く痺《しび》れる。その余韻を噛《か》みしめながら、礼音は天井を仰いだ。今日も最高のライブだった。

——ジャイロアクシアは絶好調だ。


「あーっ、暑いっっ！」

控え室に戻るなり、礼音は乱暴にタオルで汗を拭い、用意しておいたスポーツドリンクを一気に飲み干した。八月ともなると、さすがに札幌《さっぽろ》でもかなり暑い。ましてや、ライブの後だ。全身が火照って、喉《のど》がカラカラだった。ややぬるくなったスポーツドリンクが体に沁《し》み渡っていく。

このまま、倒れて寝てしまいたい。だが、撤収作業がある。一休みしたら、動かなければ……と思いつつ、礼音はまだ興奮の収まらない体で、パイプ椅子に座りこんだ。

同じように控え室に戻ってきた他のメンバーも、思い思いに休憩をとっている。賢汰が蓋を開けたペットボトルを那由多に手渡している。

「お疲れ様」

「……ああ」

礼も言わずにペットボトルを受け取って、口をつける那由多。賢汰が世話を焼くことを当然としているような態度に、礼音はイラっとする。いつも思うが、賢汰は那由多を甘やかしすぎだ。いくら那由多が唯一無二のボーカルだとしても、バンドメンバーは対等であるべきだ。そう言っても賢汰は耳も傾けないのだが。

苛立《いらだ》ち紛れにペットボトルをゴミ箱にシュートすると、那由多の鋭い目が礼音を射た。また文句を言われるのかと思って、礼音は身構えた。

「な、なんだよ、さっきの演奏に文句でもあるのかよ」

「……次もこの調子でやれ。手を抜いたら、許さん」

「っっ！」

那由多にしては、ほぼ最高の賛辞ともとれる言葉に、頬《ほお》が緩みそうになった。だが、那由多の言葉一つで気分が高揚する自分が許せなくて、礼音は視線をそらし、憎まれ口を叩《たた》いた。

「あ、ああ、そうかよ！　だったら、素直に褒めたらいいだろ！　見てろ、次はもっとすげえ演奏でお前の度肝を抜いてやるからな！」

「ふん、やれるものならな」

「ああ、やってやるよ！」

けんか腰な口調で返したが、それでも礼音の心が沸き立つのは止められなかった。

那由多は口は悪いし、暴君だし、むかつくことだらけだが、それでも礼音にとって『一番すごいヤツ』であることに変わりはなかった。

絶対に負けたくない相手。

いつもいつも練習のたびに罵倒され、音楽性の違いで殴り合い寸前になることもしばしば。礼音が一方的にライバル視しているだけで、那由多の方は礼音のことなどどうでもいいと思っているのはわかっている。

だが、だからこそ……今日のように少しでも認められれば、嬉しくて、努力が報われた気になった。悔しいから素直に認めるつもりはないし、喜んだ顔もするつもりはないが。

（見てろよ、次はお前が悔しがるほど、完璧な演奏をしてやる！）

闘志を燃え上がらせて、礼音は拳を握りしめた。

いつか那由多に勝つ。那由多の目に、礼音を映させてみせる。

今日のライブの手応えから考えると、それはそんなに遠くない目標のように思えた。

なぜなら、今のジャイロアクシアも礼音も波に乗っているのだから。

だから、賢汰経由でその話がきたときも、そんなに驚きはしなかった。

ついに来たか、と、そう思った。

「と、いうわけで俺たち全員と会いたいらしい」

練習後、珍しく賢汰が話したいことがある、とメンバー全員をカフェへと連れだした。

店の最奥、やや個室感のあるソファの中央に座った賢汰は、厳かに切り出したのだ。

「レコード会社からオファーが来た」

と。

誰もが知る大手のレコード会社。そこからジャイロアクシアに、「うちに所属しないか」とオファーがあったらしい。デビューまでの面倒はもちろん、その後のプロデュースも任せて欲しいとの話だった。

それをいつもどおりの冷静沈着な態度を崩さぬまま、賢汰は淡々と語った。

「俺としては悪くない話だと思っている。一度、会ってみてもいいんじゃないかと考えているが……」

「いやいやいや、悪くない話どころか、破格でしょ！」

あまりに落ち着き払った賢汰に、思わず礼音は突っこんだ。驚きはしなかったが、興奮はしている。

ジャイロアクシアは札幌でかなり人気はあるし、実力に関しては今、テレビに出ているようなメジャーバンドにだって負けないと礼音は自信を持っている。だが、全国的にはまだまだ無名だ。そんなバンドに大手レコード会社からのオファーが来た、というのは間違いなく歓迎すべき話だった。

「……那由多はどう思う？」

自分のツッコミをスルーし、那由多に視線を向ける賢汰に礼音は鼻白《はなじろ》んだ。那由多の肩《かた》を摑《つか》んで、説得しようとする。

「断るわけないよな？　行くべきだろ」

「俺に指図するな」

絶対零度の声で、那由多は礼音の手をはねのけた。そのまま猛禽類《もうきんるい》のような目を賢汰へと向ける。

「里塚《さとづか》、時間と場所は？」

「こっちの都合に合わせるそうだ。土曜の二時に札幌駅前の喫茶店で……と考えているが、それで問題はないな？」

「ない。細かいことは任せた」

「了解」

二人だけでわかり合っている空気にさすがに耐えかねて、礼音はテーブルを叩いた。

「断らないなら、なんだよ、さっきの態度は！　っつか、賢汰さんも、那由多ばっかじゃなくて、深幸さんと涼さんの意見は聞かないんですか!?」

あからさまにないがしろにされて、頭に血が上っている。デビューのかかった大事な話だというのに、那由多以外の意思はどうでもいいと言わんばかりの賢汰が腹立たしかった。

肩を怒らせる礼音を、深幸がなだめる。

「まあまあ、俺は最初から文句ないし。話を聞くならいいんじゃないか？　ま、俺や礼音くんの意見も聞いてほしかったとこではあるけどね」

なだめつつも、賢汰に釘《くぎ》を刺すのは忘れない。言われた賢汰はといえば、気に留めるそぶりもなく、軽く肩をすくめただけだった。

「……俺も、ケンケンがいいならいい」

涼もクリームソーダのアイス部分をつつきながら、のんびりと言う。

「新しい星の導き……」

マイペースにアイスをぱくつく涼に毒気を抜かれ、礼音は拳を下ろした。賢汰がわかってくれないのはむかつくが、これ以上、怒ってもしょうがない。間に入ってくれる深幸を困らせたいわけでもない。

気を取り直して、礼音はコーラを啜《すす》った。

「じゃ、予定空けときますんで。また詳しいこととかわかったら、連絡ください」

「ああ、そうする。那由多、当日は迎えに行くから」

「……わかった」

「あー、腹立つ！」

怒りのままに、自販機横のゴミ箱に礼音は空き缶を叩きこんだ。カンっ、ガシャンっと澄んだ音が、夜の大通公園《おおどおりこうえん》の静かな空気を切り裂く。

那由多と賢汰と別れた後、頭《あたま》を冷やそうと遠回りしたものの、ちっともムカムカは治まらなかった。むしろ時間が経てば経つほど、強くなる。

わざわざ遠回りに付き合ってくれた深幸が、コーヒーを片手に苦笑した。ついでに涼がその隣でなぜか冷やし汁粉を飲んでいるが、彼の場合はついてきてくれたというより、なんとなくいつもの流れで二人と同じ方向に歩いてきただけ、という気がする。

「そんなにカッカするなよ」

「深幸さんはむかつかないのかよ」

「まあ、むかついてるけどさ」

「だったら……」

「那由多はプロを目指してるからな。だったらあんないい話を断るわけがないさ。賢汰だってわかってて、話を振ってる。そこで空気を悪くするくらいなら、素直に喜んでおけばいい。だろ?」

「……ちぇっ、深幸さんは大人だよな」

軽くゴミ箱を蹴飛ばすと、深幸が苦笑した。

「ま、礼音くんと那由多よりはな。それより、嬉しくないのか?」

「嬉しい！　嬉しいに決まってるじゃないか！」

数々のメジャーなアーティストやバンドが名を連ねるレコード会社だ。そこからデビューできるとなれば、スターダムへの最速チケットが用意されたも同然だった。

那由多や賢汰の態度に苛立《いらだ》って、ゆっくり喜ぶ余裕もなかったが、改めて深幸に言われればじわじわと嬉しさがわいてくる。

「やっとジャイロアクシアが認められたんだからな」

「俺としちゃ、あっという間って感じだけどな」

「深幸さんが加入してから、トントン拍子だったから。それまでは、ホント、メンバーが全然居つかなかったし」

礼音は深幸に感謝している。ある意味、デビューの話が来たのも、深幸がメンバーになってくれたおかげとも言えた。もう、自分で追い出したくせに、メンバーが揃《そろ》わなくて苛立ちを露《あら》わにする那由多を見なくていいと思うとほっとする。

「それはしかたないよ。できない人間がジャイロにいるのは、苦しいだけだから」

缶の汁粉を逆さにして底を叩き、最後の小豆《あずき》を取り出そうとしていた涼が、あっけらかんとそう言った。

「まあ、それは俺もそう思うけど……」

「星が揃った。だから、地上から見つけてもらえた。……俺たちは進んでる」

ぽつぽつと言う涼に、礼音は目を見開いた。

「涼さん……もしかして、けっこう喜んでる？」

「うん。……これで星に帰れる日も近づく」

相変わらず言ってることはよくわからなかったが、素直に頷《うなず》く涼に礼音は珍しく親近感を覚えた。

「ったく、だったらもっとわかりやすく喜んでくれよ。那由多といい、涼さんといい、うちのメンバーはひねくれてるのが多過ぎ！」

「おいおい。俺は素直に喜んでるだろー？」

「深幸さんはフツーの人ですから！」

軽口を叩きながら、礼音は笑った。いずれ、大勢の客の前で演奏できるんだろうか。そう思うとわくわくした。

那由多と賢汰への苛立ちは消えきったわけじゃないが、いったん棚に上げて、礼音は涼と深幸の肩に手を回す。深幸の言う通りだ。今は素直に喜んでおこう。

「っつか、前祝いでなんか食べて帰ろうよ！　那由多も賢汰さんも、ぜんっぜんそんな雰囲気じゃなかったし！」

「お、いいね。何食う？　ジンギスカン？　涼ちんは何食うよ？」

すっかりジャイロアクシアに馴染み、涼をあだ名で呼ぶようになった深幸が涼に笑いかける。仲の良さそうな二人に礼音の頬もゆるんだ。

「礼音、重い……」

涼も若干顔をしかめつつも、礼音の腕を振り払おうとはしない。

そのまま、3人でたわいない話をしながら、狸小路《たぬきこうじ》のアーケード街へと足を向ける。

夏の夜空は黒に近い群青で、星が美しく輝く。

まるでジャイロアクシアの未来を暗示しているみたいだった。


うさんくさそうな男。

それが、大手レコード会社のプロデューサーだと名乗る男への第一印象だった。

札幌駅前の喫茶店。ゆったりと贅沢《ぜいたく》にスペースをとった店内はこうした打ち合わせや顔合わせには向いている。店は向こうが指定してきた。よく行くファミレスや学生向けのカフェとは段違いに座り心地がいいソファで礼音は緊張する。ちらりと横目で見てみれば、那由多はいつもの傲然とした態度をまるで崩さずにいて、なんだか負けた気になった。せめてもの対抗心で背筋を伸ばす。

「改めて、初めまして。ジャイロアクシア、リーダーの里塚賢汰です。本日はお忙しいなか、ありがとうございます」

賢汰が緊張した様子もなく、自然に挨拶する。

大手のレコード会社相手にも物怖じしない賢汰を礼音は頼もしく思う。那由多には対抗心を感じたが、相手が賢汰なら年が上なこともあって、素直に尊敬できた。

賢汰に促され、他のメンバーも次々に挨拶する。

狐《きつね》に似た顔のプロデューサーはそれを聞いて、にっとただでさえ細い目をますます細くした。化かされそうな笑みだ。

「おっ、いいじゃん、いいじゃん！　ライブハウスの中だけじゃなくて、昼に見てもいいビジュアルしてるってのは、いいね！」

高そうなスーツを着ているが、ネクタイとラペルが細いせいか、やけに軽薄な感じがする。声も顔つきも調子の良さが前面に出ていた。

（本当に大丈夫なのか……？）

内心、疑いの目で見てしまう礼音だが、テーブルに置かれた名刺は確かに大手レコード会社のものだ。何より、詐欺だとしたら賢汰がそもそも那由多に近づけないだろう。バンドメンバーの入れ替わりはさておき、対外的なことでのトラブルは一度もない。そういった点での賢汰の手腕は信用できるものだ。

「ワイルド系、クール系、やんちゃ系……バランスもいいね！」

「ありがとうございます。……そろそろ、電話でのお話を進めさせていただいても？」

礼音たちの音楽ではなく見た目を褒めたたえるプロデューサーに、賢汰がやんわりと口を挟んだ。プロデューサーがにやにやと狐目で笑う。

「ああ、そう、そうだったね。うん、君たちさ、ぶっちゃけ売れると思うよ。だから、余所《よそ》がつばつける前に、うちで全面的に面倒みたいんだよね。とりあえず近いところだと、ディスフェスあるじゃん？　あれでババーンとCDデビュー発表とか？」

「えっ、ディスフェスに出られるんですか!?」

「礼音、落ち着け」

思わず身を乗り出してしまって、賢汰にたしなめられた。

「す、すみません……でもディスフェスって聞いたら、さすがに」

ディスフェスはバンドをやってるなら誰でも憧れる音楽の祭典だ。メジャー、インディーズ問わず、日本全国から実力のあるバンドが集められる。そこでメジャーデビューを飾れるなど、夢のような話だった。

興奮を隠せない礼音に、プロデューサーが機嫌を良くする。

「あっはっは、わかる！　わかるよ！　バンド小僧の憧れだよね！　俺も若い頃は夢見たもんだよ。今じゃ、プロデュースする側だけどねー」

　昔はギターをやっていた、というプロデューサーの指には、弦で切った古い疵痕《きずあと》があった。意外といい人かもしれない、と、うさんくさいと感じていたことに罪悪感を覚える。

「それまでのレッスンスタジオもこっちで手配するし、うちの練習生みたいな形でちょっとだけどギャラも出せるよ。最終的には家も用意するから、上京してほしいね」

　具体的な額や、スケジュールはこんな感じで……と、まるで手品のように書類が広げられる。相場がどれくらいなのかわからないが、書類を確認する賢汰の顔を見るに、悪い話ではなさそうだった。

「なるほど。いいお話ですね。うちとしても、そろそろ札幌は那由多に狭いと思ってたんです。でかい箱を用意してもらえると言うなら、ぜひお受けしたい」

　相手のプロデューサーに負けず劣らずのうさんくさい笑顔を賢汰が浮かべる。プロデューサーも機嫌良くうんうんと頷いた。

「それはありがたい。では、改めて契約書を送らせてもらうよ。……と、その前に」

「何か?」

　プロデューサーは鞄《かばん》から一枚の写真を取り出した。

　かつて、レジェンドと呼ばれたロックバンド。そのライブ写真だ。

写真を見た瞬間、那由多の眉間《みけん》に深い皺《しわ》が寄った。

「こいつらが、どうかしたのか？」

抑えた、だが明らかに怒りを含んだ声音に、礼音は冷や汗をかいた。

（おいおいおい、やめてくれよ。何が気に入らないのか知らねえけど、今日だけは大人しくしててくれ！）

礼音の祈りが通じているのかいないのか、那由多は怒鳴りつけこそしないものの、イライラと指を動かしている。

プロデューサーはそんな那由多の怒りを気にする様子もなく、さらにレジェンドバンドのＣＤを数枚テーブルに積み上げた。

「彼らのこと、知ってるよね？」

「もちろん。伝説ともうたわれたバンドですからね。……ですが、それが俺たちのデビューとどう関係するんでしょうか？」

那由多の代わりに賢汰が受け答えする。プロデューサーの狙いが読めないのか、賢汰も怪訝《けげん》な顔をしていた。

「簡単な話さ。君たちには伝説の再来になってほしい」

「っっ!?」

「それは、どういう……」

プロデューサーの目がさらに細くなる。まるで糸のようだ。

「今まで、何人ものプロデューサーが二匹目のどじょうを狙ったが、彼らの再現は不可能だった。だが、那由多くんの歌を聴いたときに思ったんだよ。このビジュアル、この声質ならいけるって！」

糸のように細められた目の奥がいやらしく光る。

礼音は唖然《あぜん》とした。

それではまるで、俺たちに……ジャイロアクシアに、レジェンドバンドの真似《まね》をしろと言っているようなものではないか。

「デビュー後の曲は、彼らに寄せる形でお願いするよ。もちろん、ライブの演出もね。あぁ、君たちができないなら、そのあたりはうちに任せてくれればいい。かつて、彼らと一緒に仕事をしていたスタッフがいるから。あ、なんなら、デビューライブでは何曲かカバー曲をやってみるのも――」

「うるさい。それ以上、しゃべるな」

立て板に水とばかりにしゃべっていたプロデューサーの口は強制的に止められた。那由多が立ち上がり、怒りに顔が赤くなっていた。

「ちょ、おい、那由多――」

礼音の制止も間に合わなかった。

ドンッ……と床が鈍い音を立てる。那由多がプロデューサーに詰め寄っていた。射殺《いころ》せそうなほどの視線が至近距離からプロデューサーに向けられる。

「ひっ……」

「俺の音楽が気に入らねえなら、この話はなしだ」

地獄の底から響くような声で吐き捨てると、那由多はプロデューサーに背を向けた。そのまま、喫茶店の入り口に向かって歩き出す。

「おい、那由多、待てよ！　おい！」

立ち上がり、追いかけようとした礼音の肩を賢汰が摑んだ。黙って首《くび》を横に振る。

「ちょ、賢汰さん！　いくらなんでも、今のは――」

「そういうわけです。今回のお話はなかったことに」

だが賢汰までもが笑顔のままで、プロデューサーを切り捨て、那由多を追っていく。

――むろん、契約の話はご破算となった。

「お前、どういうつもりだよ!!」

スタジオに入るなり、礼音は那由多に食ってかかった。

あのプロデューサーの言い分には礼音もむかつかないわけではなかった。それでも、那由多の言い方はあんまりだ。

「俺の曲以外を歌うつもりはねえ」

それだけを言うと、もう話は終わったとばかりに那由多は礼音の手を振り払い、楽譜へと目を落とした。

「くだらないことを考えている暇があるなら、練習しろ。一日でもサボれば、それだけ錆《さ》びつく」

「くだらないことだと……」

かっと頭に血が上った。

「ふざけるな!!」

那由多の手から強引に楽譜を奪い取る。怒りくるった猛禽類の目で、那由多が礼音を睨《にら》んだ。しかし、もうそれくらいじゃ礼音も怯《ひる》まない。

「俺たちのデビューをダメにしたのが、くだらないことだってのかよ!」

「くだらないから、くだらないと言っただけだ」

「そんな言い方ねえだろ!」

「待てよ、礼音！　ちょっと落ち着けって！」

拳を振り上げかけた礼音を深幸が羽交い締めにした。

「離してくれよ、深幸さん‼」

「お前の気持ちもわかる。でも、殴るのはダメだ！　指は大事にしろ！」

「ぐ……」

礼音は唇《くちびる》を噛みしめると拳を下ろした。だが気持ちまでは収まらず、那由多を睨みながら、問いかける。

「そりゃ、俺だってレジェンドバンドの真似をしろって言われて、むかっとはしたよ！　だけどさ、他にやり方はなかったのかよ！」

怒りにまかせて投げ捨てるには、差し出されたものは魅力的すぎた。大手レコード会社の所属アーティストとしての扱い。ディスフェスへの出場権。メジャーでのＣＤデビュー。どれもこれも、ジャイロアクシアがトップを目指すには必要なものだ。

それは那由多だってわかっていると、信じていた。

「俺の音楽をやれないなら、意味はねえ」

「なっ……お前、ちょっとは譲歩できるところとかねえのかよ！　いつもいつも俺の音楽って……何様のつもりだよ！」

「これ以上、その話をするなら、とっとと出ていけ。邪魔だ」

那由多の返答はにべもないものだった。

だが、礼音はどうしても諦めきれずに食い下がる。

「あのバンドの曲のカバーなんて、誰にでもやらせてもらえるもんじゃねえだろ。那由多が認められたってことじゃねえか。声だって、確かに合ってる。一度くらい、試しに歌ってみるくらい……ぐっ!?」

突然、息が苦しくなった。

胸《むな》ぐらを掴まれている、とわかったときには、激怒した那由多の顔《かお》が近くにあった。いや、怒りなんて生やさしいものではなかった。憎悪すら滲《にじ》んだ瞳《ひとみ》が礼音を突き刺した。

「ここまでセンスが悪いとはな」

「っっ……てぇ……」

乱暴に扉へと突き飛ばされる。

追い打ちとばかりに、鞄も投げつけられた。

「何すんだよ！」

「今すぐ出ていけ。お前は必要ない。二度と来るな」

那由多の声を聞いた礼音はぞっとした。普段からよく怒る那由多だが、ここまで冷徹な

声は、結人《ゆうと》と別れたとき以来、初めてだった。

地雷を踏んだ。

深幸がいつものようにとりなそうとするも、

「おい、那由多。さすがにそれは――」

「そいつが出ていかないなら、俺が出ていく」

楽譜をまとめ始める那由多に、本気だと悟ったらしく口をつぐんだ。涼が静かに歩いてきて、ギターを礼音に渡す。

「……今日は帰った方がいいよ」

救いを求めるように賢汰に目を向けたが、賢汰は黙って首を横に振った。助けはない。

礼音はいつかの結人のようにうつむくと、唇を嚙みしめ、ギターを持った。

「わかったよ」

バンドメンバーに背を向け、礼音は扉を開け、スタジオを後にする。

誰も追いかけてはこなかった。

追い出された礼音は、一人、とぼとぼと狸小路を歩いていた。

いつもなら、深幸と涼とよく歩く道だ。

今日は深幸の一見軽く聞こえるが穏やかで優しい声も、涼のマイペースなつぶやきも聞こえない。ただ繁華街の喧噪《けんそう》だけが耳にうるさい。

今まで、『やめてやる』と思ったことは何度もあった。那由多の暴君ぶりについていけず、もっとマシなバンドはいくらだってあると思った。そして、そのたびに那由多の歌に聴き惚《ほ》れて、思い留まってきた。だけど、那由多の方から『二度と来るな』とまで言われたのは初めてだ。

(もう、終わりなのか……？)

ふと、この間のライブの記憶が脳裏に蘇《よみがえ》った。

いつも何かしら文句を言う那由多が、何も言わなかった。次もこの調子でやれ、と初めて認めてくれた。

あの瞬間。

那由多の声と、他のメンバーの音と、観客の熱気と、ぴたりと嚙み合う演奏ができた、あの瞬間は。体中の全ての血が沸騰しそうに熱かった、あの瞬間は。

もう二度と手に入らない。

気づいた瞬間、愕然《がくぜん》とした。

今すぐスタジオに駆け戻って、那由多に頭を下げようかと思った。

なぜなら、那由多の歌は礼音にとって唯一無二のものだったから。

あんなにも礼音を熱くさせるのは那由多の音だけだ。

あんなにも勝ちたいと渇望するのは那由多の音だけだ。

だから……どれだけ罵倒されたって、理不尽とも言えるほどの努力を、練習を命じられたって、ジャイロアクシアにこだわり続けた。

いつか、那由多に勝つ。

全てはそのためだった。

だけど、そんなことできるわけがない。あれだけ怒った那由多が、話を聞いてくれるとも思えなかった。今、戻ったって火に油を注ぐだけだ。

「……せめて、練習するか」

スタジオには戻れない。でも、那由多の言うように一日でもサボれば、取り返すのに時間がかかる。何より、ギターに触れずにいられなかった。

目についたカラオケへふらりと入る。

最初こそ違う曲を弾こうとしたが、ギターを持てばジャイロアクシアの曲を弾き始めてしまった。カラオケの個室をレッスン室として、繰り返し、繰り返し、何度も弾く。

この間のライブでやった曲、次のライブでやろうと思っていた曲。二度と来るなと言われたのに、礼音の指は那由多の曲しか選ぼうとしない。

空っぽになった胸の中で、ただただ那由多の歌だけが響いていた。


「遅くなっちまったな……」

カラオケから出た頃には、空は暗くなっていた。

星がいくつも瞬いている。

いつもは深幸や涼と一緒に見ている夜空だが、今日は一人だ。

那由多たちはまだ練習しているのだろうか。と考えて、スタジオの方につい目が行ってしまう。首を振って、耳の奥にまだ残っている那由多の歌を振り払う。

ダメだ。今はまだ戻れない。

札幌駅まで歩いて、バスに乗る。

最寄りのバス停で降りたものの、まっすぐ家に帰る気にはなれなかった。

ズボンのポケットに手を突っこんで、ぶらぶらと遠回りする。

（……腹、減ったな）

かと言って、食べて帰るという気分でもない。礼音はとりあえず近くにあったセイコーマートに入った。

適当におにぎりをいくつか選ぶ。ついでに何か飲み物でも……と思って棚を見ると、ナポリンが目についた。

ナポリン――リボンナポリンは、北海道限定の炭酸ジュースだ。鮮やかなオレンジ色の見た目で、甘く爽やかな味がする。大好物というわけではないが、たまに飲みたくなる味だ。なんとなく懐かしい気持ちになって、礼音はナポリンを手に取った。

これが大好物だったのは、結人だ。

見る度に飲んでいたのを思い出す。飽きないのか、と尋ねたら、『好きなものに飽きるわけないだろ』と返ってきた。結人らしい、と苦い笑みが口に浮かぶ。

結人にとってはギターもそうだったのだろう。好きだから、飽きない。いつも楽しそうに弾いていた。飽きることなく、繰り返し。

けっして悪い腕じゃなかった。ただ、那由多と合わなかっただけだ。あのまま那由多と組み続けることは、結人にとって負担だっただろう。

だけど……自分は？

あのとき、結人を置いて、那由多についていった。結人のそばに残る選択肢だってあった。むしろ、そっちの方が『楽しく』音楽をやれたかもしれない。

怒鳴られることもない。那由多には敵《かな》わないという悔しさで歯ぎしりすることも、意見をないがしろにされることもなかっただろう。
結人をリーダーにして、和気藹々《わきあいあい》とバンドを続ける道だってあったはずだ。
それでも、自分は那由多を選んだ。
結人のそばでは、求めている音楽は得られないとわかっていたから。
自分は、本質的には那由多と同じだ。
最高の音楽をやるためなら、きっとなんだって犠牲にできる。
だからあのとき、呆然とする結人を置いて、那由多を追いかけたのだ。
でも……
（それは、本当に正しかったのか……？）
わからない、わからない。
一緒にやってきた仲間を傷つけて、振り捨てて、得たものはなんだったんだろう。
那由多にも『二度と来るな』と言われてしまった今、礼音には何も残っていない。
ライブでのアンコール。
那由多と、みんなと、音が重なった瞬間、手に摑んだと思ったものがすり抜けていく。
祈るように礼音は空を見上げた。
けれど、厚い雲に覆われた空に、祈りを聞き届ける星は見えなかった。

翌日。

せめて、那由多と話をしようと礼音は早起きしてスタジオの前で待っていた。

イヤホンをして、ポケットに両手を突っこんだ那由多が歩いてくる。

「那由多！」

だが、那由多は礼音の呼びかけにあからさまに嫌なものを見たという顔をして、目を背ける。呼びかけられたことなどなかったかのように、無視してそのままスタジオに入ろうとする那由多。

「待てよ！　せめて話を聞いてくれ！」

「触るな！」

肩を掴んだ手は、即座に払われた。

「二度と来るなと言ったはずだ」

視線を向けることすらうっとうしいといった様子で、那由多はさっさとスタジオに入っていってしまう。追いかけようとした礼音だったが、

「ストップだ、礼音」

賢汰の声が礼音を止めた。

「賢汰さん……」

振り向けば、賢汰が立っていた。

「今日も遠慮してくれ。那由多が相当、おかんむりでな」

「でも、俺……」

「話なら、後で俺が聞く。……練習が終わったら連絡するから、いつものカフェに来てくれ。それでかまわないな？」

「……わかりました」

一歩引いた礼音に、賢汰が満足げに頷いた。

「いい子だ」

「子ども扱いしないでください」

むっとして睨む礼音に、賢汰が苦笑する。

「悪い悪い。じゃあ、また後でな」

「……はい」

そのまま、ビルから出ていこうとして、礼音は振り返った。スタジオの扉に手をかける賢汰の背中に向かって叫ぶ。

「俺、ジャイロアクシアをやめるつもり、ありませんから！」

「わかってるよ」

フラットな声音の返事と共に、扉が閉まる。

賢汰との話し合いがどう転ぶかはわからない。那由多が本気で怒っているのなら、ジャイロアクシアに戻れる可能性は低いのかもしれない。

でも、それでもできることをするしかない。

じっとしていられなくて、礼音はとりあえず昨日のカラオケへと向かった。


数時間後。

賢汰から連絡が来た。言われたカフェに向かう。ジャイロアクシアの指定席のようになっている奥のテーブルへ向かうと、賢汰はすでに座っていた。なぜか涼もいる。

「って、なんで涼さんが？」

「気になったから」

心配してくれていた、ということだろうか。表情があまり変わらない涼の本心は読みづらい。だが、賢汰と二人きりというのも気詰まりだったので、涼が来てくれたことはありがたかった。賢汰に促されるままに、彼の向かいの椅子に座り、カフェオレを注文する。

「さっきも言いましたけど、俺はジャイロアクシアをやめません」

店員がカフェオレを置いて去ると、礼音は単刀直入に切り出した。

賢汰がホットコーヒーを一口飲んで頷く。

「ああ、俺も礼音はいいギタリストだと思ってる。やめられたら、次を探すのは苦労するだろうな。でも、那由多が相当、地雷だったみたいで、とりつく島もないんだ」

「謝っても無駄ってことでしょうか」

サクランボが載った部分だけを器用に残して、クリームソーダのアイスクリームを食べていた涼が顔を上げた。

「那由多に謝罪するのは意味ないよ」

ごくん、とアイスを飲みこむ涼。

「謝ったところで、言ったことがなくなるわけじゃないし」

「…………」

「那由多は意味のないこと、好きじゃないでしょ」

ズバズバと本質をついてくる涼に、礼音は何も言えなくなった。

「だいたい礼音も悪いと思ってないよね？　謝る必要、ある？」

「それ、は……」

「俺にはなんで礼音があんなに必死になってたのか、全然わからないけど……那由多を怒らせてでも、言いたかったことなんでしょ？」

あっさりとした顔で言われて、礼音はあっけにとられた。

「全然わからない……って、涼さんはデビューしたくなかったわけ？」

「したいよ」

「じゃあ、なんで！」

「俺たちはプラネタリウムじゃないから」

「……は？」

賢汰が楽しげに笑いながら、口を挟んできた。

「わざわざ偽物になる必要はないって言いたいんだろう」

「…………」

涼がじっと捉えどころのない瞳で礼音を見つめる。

「礼音は、自信ないの？　自分の音じゃデビューできる気しないの？」

煽《あお》るような一言に、かっとなった。

「できるに決まってるだろ！　俺は、誰にも負けない！　那由多にだって！」

「じゃ、他人の真似でデビューすることないよね。はい、礼音も那由多と一緒。これで謝る必要はないよね」

「うっ……」

涼に上手《うま》く丸めこまれてしまった気がする。本人にはそんな気は一切なくて、ただただ思ってることをそのまま言ってそうなあたり、たちが悪い。涼しい顔でくつくつ笑っている賢汰にもむかつく。二人の手のひらで転がされている気がした。

せめてもの反抗とばかりに、じとっとした目で賢汰を睨む。

「でも、謝る必要がないっていうなら、どうすればいいんですか。那由多のヤツ、俺の話を聞く気すらなさそうなんですけど」

賢汰がずばりと切り返した。

「なら、音楽で聞かせればいい」

「はい？」

「那由多が礼音を手放したくなくなるような『手土産《てみやげ》』があれば、あいつも許す気になるんじゃないか」

「手土産って……具体的には？」

「そりゃ、那由多が納得するような新しいメロディとかアレンジとかじゃないか？」

「そんなもの、簡単に……」

できるなら苦労はしない。

だいたい那由多と来たら、礼音の思いつくアイデアのことごとくにダメだしするのが趣味なんじゃないかと思うほど、否定してくるのだから。

困り顔の礼音に、賢汰が人の悪い笑みを浮かべる。

「できるだろ？　今後もジャイロアクシアのギタリストでいるつもりなら、それくらいできてくれないと困る。……それとも、逃げるのか？」

「逃げるわけないだろ！」

乗せられてるとわかっていても、叫ばずにはいられなかった。

逃げるわけがない。

このまま、那由多に馬鹿にされたまま終われない。

自分は……那由多に勝つのだから。

「見ててください。那由多が俺に戻ってきてくれって頭を下げたくなるような『手土産』、必ず持っていきますよ！」

それから、礼音の戦いが始まった。

朝から晩までは、ひたすらに猛練習。

那由多に認めさせるには、付け焼き刃のアイデアだけじゃダメだ。それを支えるだけの、確かな技術が必要だった。

そして、その上で賢汰の言うように『新しい何か』がいる。

聴き飽きたものでは、那由多の耳に入れることすらできやしない。

「くそっ、ホント、簡単に言ってくれるけど……」

何を試しても、那由多の二番煎じにしかならない気がした。

そもそも、ジャイロアクシアの曲は全て、那由多が作詞作曲している。那由多のワンマンバンドなのだ。そして、礼音のパートはリズムギター。

リズムギターは、ベースやドラムと同じリズム隊だ。メロディラインを弾くリードギターとは違い、伴奏やハモりがメインになる。

ジャイロアクシアのリードギターは賢汰だ。那由多の作る曲を、正確無比な演奏で、完璧に弾きこなしてみせる。あまりにも那由多に忠実過ぎて、礼音からすれば面白みがないと感じることもあるが……那由多が『自分の音』にこだわりがある以上、賢汰の立場は揺るがない。

結成当初は、礼音がリードギターをやる話もあるにはあったが、那由多の反対でなくなった。『テメェの勝手な演奏がしたけりゃ余所に行け』と、絶対零度の眼差しで言われたのは忘れない。

それにリズムギターの仕事自体は好きだ。

バッキングのやり方を変えれば、曲の雰囲気は大きく変わる。アレンジ次第で、演奏は良くも悪くもなる。派手なギターソロと違い、目立つことは少ないかもしれないが、技術を要求されるパートだ。

入れ替わりの激しかったベースやドラムと違い、礼音には結成以来ずっとリズムギターの座を守り通してきた自負がある。

（今度こそ、負けねえ……！　那由多に吠《ほ》え面《づら》かかせてやる！）

センスがないなんて言わせない。

その一心で、ジャイロアクシアの全ての楽曲に目を通し、ああでもない、こうでもないと試行錯誤する。

その時間は、苦しくも楽しいものだった。


しかし、数日経つと、焦りの方が強くなってきた。

いくつか思いつきはしたものの、那由多が納得するかと言われれば、自信が持ちきれない。技術レベルを上げれば……と思っても、那由多をねじ伏せるほどの超絶技巧が数日で身につくわけもない。結局は積み重ねしかないのだ。

そして、那由多の曲を弾けば弾くほど、思い知らされるのだ。

彼の作る音楽の完璧さを。

本当に那由多を驚かせるような、そんな音を自分は生み出せるのか？

考えてはいけない疑問が沈めても沈めても浮かび上がってきて、礼音を苦しめる。

こうしている間にも那由多が新しいギターを入れてしまったかもしれないと思うと、じりじりと胸《むね》が焦げつくように痛む。

賢汰はああ言ってくれたものの、最終的には那由多の望み通りにするとわかっている。

賢汰にとって、自分は結人と同じ切り捨てられる駒だ。

そんなことは最初からわかってる。

今日は高校の始業式だったが、サボって自室でひたすらギターを弾いていた。

出席日数は足りているし、校長の眠い話より、ギターの方が大事だ。

間に合わないかもしれない。

焦燥感で、指がもつれる。

「っっ！」

弦が切れた。

指にケガこそしなかったものの、ジンジンと熱を持っている。礼音はばったりとベッドに倒れこんだ。弦と一緒に気持ちまで切れてしまった感じだ。

「ダメだろ、こんなんじゃ……」

動かないと。

そう思うのに、何をやっても無駄なんじゃないかと考えてしまう。

憎悪の混じった那由多の冷たい目が忘れられない。

もう二度と那由多が自分を認めることはないんじゃないか。

ライブでのアンコール。

あのとき、那由多は自分を認めてくれたと思っていた。褒められたと思えた。勝ったとまでは言えなくても、少しだけ『届いた』と思った。

だけど……あれすら、自分の気のせいだったんじゃないかと不安になる。そう思っていたのは自分だけで、那由多からすれば気に留めるほどでもない。他のメンバーだって、何も言ってはくれなかった。

ジャイロアクシアのギターは自分以外にいないと信じていた。でも、賢汰も涼も深幸でさえも引き留めてくれない。たった一度の失言で切り捨てられる。そんな程度のギタリストでしかなかったってことなんだろうか。

自分は……本当にジャイロアクシアに必要なんだろうか？

「はっ……何、弱気になってんだよ、俺」

自嘲し、礼音が枕に顔を埋《うず》めたそのとき。

チャイムが鳴った。

「誰だ?」

もしかして、賢汰がついに引導を渡しに来たんだろうか。

嫌な予感に苛《さいな》まれながら、礼音はドアを開ける。

「調子、どう?」

「涼さん……」

涼がセイコーマートの袋を片手に立っていた。


「新しいギター、見学に来たよ」

勝手にベッドに腰《こし》掛《か》けて、涼がそう切り出した。

礼音の心臓が一気に冷える。

「……そ、そうか」

「ま、すぐに那由多が追い出しちゃったけど」

「……へぇ」

新しいギターには悪いが、ほっとした。まだ席はあるのだ。

「わざわざ、それを伝えに来たのか?」

「ううん」

差し入れに持ってきた、と言いながら、涼はたまごサンドを取り出して食べ始めている。

そしてハムサンドを袋から出すと、無造作に差し出してきた。

「食べなよ」

「あ……うん、いただきます」

やっぱりちょっとこの人、苦手だ。

悪い人じゃないのはわかってるが、どうもこの独特のテンポは慣れない。

しばらく二人でもそもそとサンドイッチをかじる。ハムの塩気が疲れた体に染み入る。

かなり空腹だったことに食べ始めてから気づいた。胃にものが入ると、さっきまでの悲観的な考えがだんだん落ち着いてくる。

「なかなか来ないから、何してるのかと思って」

「……そんなに簡単にできたら、苦労しないって」

「そういうもの?」

「そうだよ。いろいろ思いつきはするけど、どれもこれも何か違う気がして……」

「ふーん」

サンドイッチを食べ終わった涼が、今度はナポリンを飲み始める。そして、礼音が試行錯誤を書きこみまくった楽譜を手に取って、眺め始めた。

「礼音と深幸くんってさ、似てるよね」

「そうか？」

「うん。なんか、いつも遠回りして、必死で走ってる感じ」

「…………」

さらりと言われて、礼音の胸がざわついた。拗《す》ねたように膝《ひざ》を抱える。

「仕方ないだろ。必死にならないと、あいつに勝てない。いや、必死になったって、勝てるのかどうか……」

那由多には、あの天才には届く気がしない。

「前に……涼さん、あいつのこと一等星だって言ってたよな」

「うん」

「俺は違う。あいつみたいには輝けない」

弱音がこぼれた。

ダメだった。耳の奥に、胸の奥に焼きついた那由多の声が離れなくて。自分を完全に拒絶した目が忘れられなくて。

あがいても、あがいても、届く気がしない。

……勝てる気がしない。

「じゃあ、諦めるの？」

「それはっ……！」

イヤだ、と言いたかった。でも、喉が詰まったかのように、声が出なくなる。今の自分が本当にそう言っていいのかわからなかった。うつむいて礼音は唇を噛む。鼻がつんとした。

「……行こうか」

突然、涼が立ち上がった。

「え？」

「礼音に見せたいものがあるんだ。……行こう」

「え、ちょっと涼さん!?」

涼が部屋を出ていく。意味がわからない。あっけにとられていた礼音だったが、『見せたいものがある』と言われたものを放っておくわけにもいかない。礼音は慌てて鞄を掴むと、涼の後を追いかけた。

涼に連れてこられたのは、ビルの屋上だった。

札幌駅と大通公園《おおどおりこうえん》の間に位置していて、札幌の街が一望できる。

真夏とはいえ、日も落ちきった時間になると、夜風が涼しかった。

「高っ！　ってか、いいのかよ？　勝手にこんなとこ来ちゃって……」

「うん。知り合いのビルだから」

「知り合いのビル!?」

驚いたが、涼ならどんな知り合いがいてもおかしくない気がする。なにせ、自称宇宙人なのだから。

礼音は怪訝な顔で、涼を見上げた。

「で、見せたいものってなんなんだ？」

涼が屋上のフェンスぎりぎりまで歩いていき、夜景を見下ろす。

「ここから見ると、まるで宇宙みたいだよね」

「は？」

「故郷が恋しくなると、よく来るんだ」

「あの……話が見えないんだけど」

肌寒さも相まって、少しイラっとしながら礼音は涼を睨んだ。涼は気にする様子もなく、礼音を手招きする。礼音は軽くため息をついて、涼の隣に行った。

そして——

街の灯りと星空が一望できるその風景に息を呑《の》んだ。

「うわ……」

「ね、すごいでしょ」

確かに涼の言う通り、暗闇に無数の輝きが浮かび上がってきて、宇宙のようだった。街と夜空の境目がわからなくなる。自分が宙に浮いているような錯覚さえ覚えた。

「那由多の歌は……ジャイロアクシアの音楽は、宇宙にまで届くよ」

「ずいぶん、スケールのでかい話だな」

「だって、そうでないと困る。俺が星に帰れない」

「……そうか」

結局、何が言いたいのか。

涼の言うことは抽象的すぎてわかりにくい。

「那由多はそれくらい大きいよ」

「俺が小さいって言いたいのかよ!? ってか、さっきからケンカ売ってる!?」

限界が来て、思わず怒鳴ってしまった。

正直、こんなことをしているくらいなら、帰って練習したい。

先が見えなくても、指を動かしていたかった。

焦りを露わにする礼音に、涼がふわりと微笑《ほほえ》んだ。

「この間のライブさ、良かったよね」

「え……？」

「アンコールの曲、まるで今見てる景色みたいに……輝いてた」

言われた瞬間、一気に記憶が蘇った。

まるで燃え上がるように、体がかっと熱くなる。

あのとき、『何か』を確かに摑んだ。

那由多の声とぶつかりあって、音が高まり合った瞬間。

あの快感と興奮と歓喜。

一瞬だけど、確かに『届いた』と思えた瞬間。

そう思っていたのは、自分だけじゃなかった……？

「深幸くんも礼音も、遠回りしてる分、きっと俺が見てないものを見てるんだろうね。だからかな。礼音の星はいつも違う色をしてる。おもしろい。見てて飽きない。ここから見える、いろんな色の光みたいで」

涼がまっすぐに礼音を見つめる。

「俺は那由多の星が好き。だけど、礼音の星も好きだよ」

てらいのない涼の言葉が、すとんと礼音の胸に落ちた。

誰かに言ってほしかった。礼音の音を認めてくれる言葉。だけど深幸はまだまだ自分のことでいっぱいいっぱいで、賢汰はそんなことを言うわけがない。那由多にいたっては論外だ。そして……涼だって言ってくれるわけないと思ってた。

「は、なんだよ。それ……ちょっと、恥ずかしいんだけど……」

嬉しさと照れくささで混乱して、礼音は涼から目をそらした。涼がまた空を見上げる。

「だからさ、もっかいやってよ。この間みたいな演奏。俺が星に帰るために」

涼らしい言い回しに、礼音は吹き出した。

「涼さんのために？」

「うん。でもさ、礼音は俺のためじゃなくたって、弾くでしょ？　だって、諦められないんだからさ」

「そう……だな」

礼音も涼と同じように空を見上げた。街の灯りに負けずに光る星がいくつもある。また涼に上手《うま》く乗せられてしまったような気もするが、悪い気分じゃなかった。むしろ、肩から余計な力が抜けて、すっきりしている。

「俺は那由多に勝ちたい」

喉に詰まって言えなかった言葉が、今ははっきり言えた。

真っ暗闇の中、手探りで歩き続けていた。先も見えなくて、どれくらい歩いてきたのかもわからなくて。自分の歩いてきた道が本当に目的地へと向かっているのか、まるで見当違いの方向に歩いているんじゃないか。勝ちたいという思いさえ、はっきり言えなくなって、願いをどこかに落としてきたような気すらしていた。

そんな不安で真っ暗になっていた心を、涼の言葉が照らしてくれた。

自分の音を、自分以外が認めてくれていた。

那由多からの言葉じゃなくても、それは礼音の自信になった。かすかな希望。自分がやってきたことは間違ってなかった。そう、信じられる。もう一度、立ち上がれる。

暗闇の中で見失いかけていた目標が、希望の光に照らされて輝く。

那由多に勝ちたい。

その思いはどこにも落としてなんかいなかった。しっかり礼音の手に握りしめられていた。そのためなら礼音はなんだってできる。

「この間みたいな、じゃなくて、この間以上の演奏をやってみせるよ。涼さんのためじゃなくて、俺がやりたいから。……ま、結果的に涼さんのためにもなるのかもしれないけど」

照れ隠しのようにつけ足す。涼が楽しげに頷いた。

「うん、いいんじゃない」

そして涼は、あ、と口を開いて、空を指差した。

「流れ星」

「あ、ホントだ」

すうっと一条のきらめきが夜空を流れていった。

「いいタイミングだったのに、お願いしそこねちゃったね」

「いや、願いごとになんてしない」

流れ星の消えた空を見つめる。

那由多に勝ちたいという思いは、星に祈る願いなんかじゃない。

「でも、さっきの流れ星に誓う。……俺はいつか那由多に勝つ、って」

そう、願いではなく——相応《ふさわ》しいのは誓いだ。

礼音の誓いに応えるように、流れ星がもう一つ、空を駆けていった。

次の練習日。

礼音は涼に頼んで、先にスタジオに入っていた。

ギターの準備をして、那由多が来るのを待ち構える。

開始予定より、十五分早く扉が開く。相変わらずの仏頂面でスタジオに入ってきた那由多は、礼音の姿を見るなり顔をしかめた。

「……出ていけ」

「イヤだ」

那由多の片眉《かたまゆ》が跳ね上がる。しかし、礼音は間髪入れずに演奏を始めた。

流麗なギターソロ。

ライブのアンコールで弾いた曲。

本来、この曲は賢汰のギターソロから始まる。礼音が弾かないはずの部分を、礼音は弾いていた。賢汰が弾いたものと似ているようで、違う音が流れ出す。

那由多の眉間の皺がますます深くなった。

そこからは、本来、礼音が弾くべきパートの譜面通りだ。だが、今までより、ずいぶんと攻撃的な弾き方だった。那由多が最初に指示したものとは違う。

ライブのアンコール、ラストフレーズで見せたのと同じ。

那由多の作り上げた音に、ぶつけ、真っ向からケンカを売るような演奏だ。

礼音が挑むように那由多を見た。

那由多がその視線をまっすぐに受け、ギリギリと奥歯を噛みしめる。

礼音が選んだのは、今の自分をそのままぶつけることだった。

ごちゃごちゃ小細工を考えたって、その程度じゃ那由多には届かない。

だったら、一度でも『届いた』と思ったあの瞬間を、今の自分の最高到達点を、磨き、練り上げ、研ぎ澄まして、ぶつける。

逃げない、退かない。

那由多がレジェンドバンドの真似をしてまでデビューしたくない、と思ったように、礼音も那由多におもねることはしたくなかった。礼音は那由多に勝ちたいのだ。だから、正面から挑んだ。

礼音が考えた音を、ジャイロアクシアの音を最高に輝かせられると信じるリズムギターを叩きつける。

自分よりずっとずっと前を走る那由多の足を、少しでも止められるように。

もし、お気に召さなくても、次を考えるだけだ。

礼音は諦めが悪い。

でなければ、あれだけ罵倒されてもされても、那由多に反発なんてしない。そうだ。今までと同じように、ダメだと言われようが、何度でも挑戦するだけだ。

そうすれば、アンコールのときみたいに、『届く』瞬間がくる。

空に流れ星が訪れるように。

だが——

「やめろ」

那由多の冷たい声が礼音の手を止めた。

——これでもダメか。

一瞬、苦いものが胸の中に広がる。けれど、そこで折れるつもりはなかった。

礼音はうなだれそうになる頭を上げ、那由多を見つめる。

「わかったよ。でも、次は絶対、お前に負けない演奏をしてみせる」

そう言って、ギターを下ろそうとした礼音だったが——

「何をするつもりだ。動くな」

「は？」

那由多は礼音に命じると、すたすたとマイクの前まで歩いてきた。そして、入り口で様子を窺《うかが》っていた賢汰や涼、深幸に声をかける。

「さっさと準備しろ。合わせるぞ」

「……は？」

ぽかんとしている礼音を尻目に、賢汰たちは顔を見合わせて笑うと、それぞれの位置についた。それを確認し、那由多がぎろりと礼音を睨む。

「ぐずぐずするな。もう一度、やれ」

それが、さっきの演奏をもう一度やれという意味だとわかった瞬間、嬉しさが胸いっぱいにこみ上げてきた。だが、それを素直に言うのはあまりにも癪《しやく》で、礼音は那由多から目をそらして憎まれ口を叩く。

「だから、お前は言葉が足りなさすぎんだよ！　俺の演奏に感動したんだったら、素直にそう言えっての！」

「やる気がないなら帰れ」

「やるに決まってんだろ！」

苦笑しながらこっちに向かって『頼む』というようなジェスチャーをする賢汰に、礼音は肩をすくめた。那由多ときたら、まったく相変わらずの暴君ぶりだ。

だが、その暴君様が自分の演奏をもう一度聴きたいというなら、やってやる。

深幸のカウントに合わせ、礼音は賢汰とアイコンタクトをとると、流麗にギターを奏でた。本来なら賢汰のギターソロだったはずのイントロ。二つの異なる音色が重なって、疾走感のあるハーモニーが生まれる。

そこに深幸のドラムと涼のベースが乗り、さらに深みが増す。

そして――

那由多が歌い出した。

全ての音が噛み合って、互いに高め合い、至高のサウンドを生み出す。

体が熱い。

早くライブをしたくて、たまらなかった。

この音を、大勢の観客に聴かせたい。

涼の言うように、宇宙中にだって、響かせたかった。

ラストフレーズ。

那由多が一瞬だけ、礼音を見た。

煽るようなその視線に、礼音の魂が燃える。

那由多の瞳が一瞬でも、礼音を映した。そのことが何よりも嬉しい。だからこそ、全力で音をぶつけに行く。

那由多には負けない。

鮮烈なアルペジオが刃《やいば》となって空気を切り裂き、那由多の鋭い声とぶつかる。

那由多と礼音。

二人の刃が鍔《つば》迫《ぜ》り合いをしながら、きらめきあって――その音は、まるで流星のようだった。


「……どうよ」

ほぼ二回連続で全力演奏をした礼音は息を荒らげながら、那由多を挑むように見た。那由多がふん、とつまらなさそうに鼻を鳴らす。

「……曲の最初は今の形にする。楽譜はすぐに直す」

「了解」

二度と来るな、と言ったことなどなかったかのような那由多の態度に、礼音は肩をすくめた。まったく、こいつのこういうところは気に入らない。

だけど、やっぱり音楽だけは最高だった。

（……くそ、腹立つ）

腹が立つが……礼音の求める音楽は那由多のもとにあるのだから仕方ない。いつか絶対、負かしてみせると改めて誓う。

那由多の背中にこっそり中指を立てる礼音の肩を深幸が叩いた。

「おかえり。悪かったな、全然、フォローできなくて」

「いえ、深幸さんこそ、俺がいない間、大変だったんじゃないか？」

「……はは、礼音が戻ってきてくれて、マジでよかったよ」

笑ってはいるものの、微妙に頰がひきつっている深幸に、礼音がいなかった間もいろいろあったんだろうなあ、と思う。今度、ゆっくり愚痴を聞いた方がいいかもしれない。

顔をあげれば、涼が柔らかく微笑んで礼音を見つめていた。

「涼さん、いろいろありがとう」

「お礼言われるようなことしたっけ？」

「差し入れに来てくれただろ」

「……あー。別に気にしなくていいのに」

「ん？　何々？　何の話？」

涼と礼音の間に、深幸が興味津々《きょうみしんしん》で割って入る。と、那由多がパンっと楽譜を叩いた。

「無駄口叩いてんじゃねえ。他の曲もやるぞ」

「はいはいっと」

やる気満々の暴君様に、礼音たちは目を見合わせて応じる。話はまた後だ。それに久しぶりにみんなでやる練習に礼音のテンションも上がっていた。

ウキウキとギターを構え直す礼音に、賢汰が声をかける。

「よくやった。これで準備が進められる」

「準備って、次のライブですか?」

首をかしげる礼音に賢汰はにやりと笑った。

「決まってるだろ、リベンジだよ」

賢汰がポケットから、この間のプロデューサーの名刺を取り出すと、ぐしゃりと握りつぶした。眼鏡の奥の目が剣呑《けんのん》に光る。

「那由多を――ジャイロアクシアを虚仮《こけ》にしたことを、後悔してもらおうじゃないか」

第三話

その翼が折れぬように

GYROAXIA

礼音《れおん》がジャイロアクシアへと戻ってきてから、二週間が過ぎた頃。

いつもどおりのハードな練習が一段落したところで、礼音が切り出した。

「そういえば……賢汰《けんた》さん。リベンジって言ってたの、あれ、どうなったんですか？」

「ああ、あの話か」

賢汰はミネラルウォーターを一口飲んでから、どこまで話すかを少し考えた。ややあって、ちょうどいい機会か、と口を開く。

「まあ、順調だ。大手のレコード会社というのは図体がでかいだけあって一枚岩じゃないからな。そこを上手《うま》く突かせてもらって、根回しを進めているところだ」

「はぁ……？」

いまいち納得がいっていないのか、礼音が首をかしげる。気にせずに賢汰は軽く結論だけを口にした。別に礼音に理解させるために説明したわけでもない。

「いずれ向こうからもう一度、俺たちの方へ挨拶に来るだろうってことさ」

「それならいいんですけど……また、あのプロデューサーに会うのは正直、ちょっと……」

口を尖《とが》らせる礼音に苦笑する。

「そうならないように動いている。俺もあんなヤツにジャイロアクシアを任せる気はさらさらないからな。まあ、この件は俺がなんとかするさ」

「ケンケンがそう言うなら大丈夫」

涼《りょう》がカロリーメイトをぽしぽしとかじりながら頷《うなず》いた。背は高いが、そうしていると妙に小動物感がある。マイペースな性格とは裏腹に、天才的なセンスを持つベーシストだ。余計な口を出さないところも、賢汰としては気に入っていた。

「本当に大丈夫なんだろうな？」

逆に、どこか疑うような目を向けてくるのは深幸《みゆき》だ。

「今のところ、問題はない。だいたい、俺がジャイロアクシアのためにならないことをするわけがないだろう？」

「……そうだな。お前はそういうヤツだよ」

不服そうに賢汰から顔を背けて、深幸が吐き捨てる。

深幸は那由多《なゆた》に対してはそうでもないが、賢汰に対してつっかかってくることはよくある。賢汰の那由多や他のメンバーに対する姿勢に不満があってのことだとはわかっていたが、賢汰本人は気にしていない。ドラムとしての腕は一流。なら、それだけでいい。那由多の認める音を出す限り、自分に何を言われようが、どうでも良かった。

深幸がそれ以上何も言ってこないのを見て、賢汰は本命へと目を向けた。

本命——那由多は一見、興味がなさそうな顔をしつつ、しっかりと賢汰たちのやりとりを耳にしていた。那由多の地雷を踏み抜いたプロデューサーの話など、耳が腐るとでも言いたげだ。形のいい眉《まゆ》が機嫌悪そうにひそめられている。それでも、話の内容そのものは気になるのか、ちらりと那由多が賢汰を見た。視線が合う。

賢汰は体ごと那由多へと向き直ると、彼の機嫌をこれ以上損ねないように、あくまで軽い調子で話しかけた。

「とはいえ、そのために一つ、武器が欲しくてな。那由多に頼みたいことがある」

「なんだ？　くだらないことならやる気はない」

「新曲を作って欲しい。これぞジャイロアクシア、これぞ旭《あさひ》那由多だとわからせるような、強烈なのを、な」

那由多はじっと鋭い目で賢汰を見つめた。見透かすようなその視線に、賢汰は少し身を固くする。那由多との付き合い方はわかっているつもりだが、抜き身の日本刀のような目を向けられるときは、どうしても緊張してしまう。

「……いいだろう。これが俺たちの音だと叩《たた》きつけてやる」

「頼むよ」

あっさりと引き受けてくれたことに安堵《あんど》した。口元に自然に、笑みが浮かぶ。

今までのジャイロアクシアの曲だけでも十分と言えたが、やはり新曲はインパクトが違う。コンスタントにレベルの高い曲をリリースできるのだという証明にもなる。那由多の作る曲のクオリティには絶対の信頼がある。大手のレコード会社をもう一度振り向かせるだけのものを作ってきてくれると、賢汰は信じていた。

礼音が那由多の肩を叩く。

「頑張ってくれよな。俺たちのデビューがかかってるんだしさ」

「うるさい。俺は、俺がやりたい音を作るだけだ」

「なんだよ、人が応援してるってのに」

那由多に手を振り払われて、礼音がむっとなる。そんな礼音をなだめるように、深幸が声をかけた。

「まあまあ、那由多もわかってるだろ」

「うん。那由多に任せておけばいい」

「深幸さんと涼さんまで……わかったよ」

涼にまで言われて、礼音がまだ少しむくれながらも引いた。那由多はすでに三人の会話には興味もないようで、うつむき加減に何か考えている。すでに、新曲の構想に入り始めているのかもしれない。

那由多の様子を見て、賢汰は手を打ち鳴らした。

「よし、じゃあ、今日はここまでにしよう。後は各自で練習。……那由多もそれでいいな？」

「……ああ」

頷くと、那由多はさっさと帰り支度を始める。やはり、早く曲作りに取りかかりたくてしかたないらしい。この分なら、新曲には期待できそうだ。

賢汰は那由多の背中を見ながら、満足そうに微笑《ほほえ》んだ。


それから、数日して――

練習の後、珍しくメンバー全員で夕飯を食べて帰ることになった。

たまたま深幸が割引券を持っていたことから、ジンギスカンを食べに行く話になり……賢汰が声をかけたところ、なんの気まぐれか那由多も了承したのだ。

店に入り、とりあえず成人組はビール、未成年組はウーロン茶を頼む。おしぼりで手を拭きながら、礼音が上機嫌でタッチパネルをタップしてメニューを開く。

「どうする？　とりあえず、盛り合わせいっとく？」

「それでいいんじゃね？」

「あ、俺、サラダも欲しい」

わいわいと騒ぎながら、礼音、深幸、涼で画面を覗きこむ。と、那由多の指が伸びてきて、さっさとロースやカルビを注文していく。その勝手な態度に礼音が抗議の声を上げた。

「おい、那由多！　勝手に決めんなよ！」

「俺は俺の食いたいものを食う。お前たちも好きに注文すればいいだろう」

「みんなで来てんだから、相談くらいしろよ！」

眉を吊《つ》り上げる礼音、自分の注文をすませたら、もういいとばかりにスマホに視線を落とす那由多。見かねた深幸がフォローに入る。

「まあまあ、那由多が一緒にメシなんて珍しいしさ。どうせ、いろいろ頼むつもりだったんだし。礼音くんも好きなもの頼んじゃいなよ。なんなら、バイト代入ったところだし、高校生組の分はおごるよ？」

「マジで!?　深幸さん、ありがとうございます！　ほら、那由多もお礼言えよ」

「俺は自分の分は自分で出す。借りを作る趣味はない」

あくまで孤高の態度を貫く那由多に、礼音が不服そうな顔になる。

「お前なあ……」

しかし、再び一方的なケンカが始まる前に、涼がひょいひょいとサラダや炙《あぶ》りユッケなどのサイドメニューを注文して、タッチパネルを礼音へとよこした。

「なんでもいいから、早く注文しよう。俺、おなかすいた」

「涼さんまで……わかったよ。こうなったら、俺も好きなもの食ってやる！」

とりあえず肉、肉……と猛然と肉を注文しだす礼音。と、深幸が賢汰を呼んだ。

「っつーか、うちの経理担当さんよ。打ち上げ予算で出してくれてもいいんじゃねえの？普段、ほとんど打ち上げしない分、余裕あんだろ？」

「まあな」

深幸の言う通り、日頃、打ち上げなどもほとんどしない分、余裕はある。スタジオ代はかかるものの、ライブチケットの売り上げが上々なこともあり、ジャイロアクシアはアマチュアバンドとしては、かなり資金的に恵まれている方だ。

「そうだな。滅多にない機会だし、いいだろう」

それで全体の士気が上がるなら、安いものだ。いいパフォーマンスをする上で、やはりモチベーションの維持は大切だし、そのための投資はしてもいい。あまり金銭的にゆとりのない那由多にも金を出させなくてすむ。

「っつーわけだから、那由多もゴチになっとけ」

「……チッ」

深幸がにかっと人好きのする笑みを那由多に向ける。那由多も納得したのか、それ以上は何も言わなかった。

そして、注文したものがテーブルに並び、各自、自分が頼んだ飲み物を手に取る。

深幸が乾杯の音頭を取ろうと、ジョッキを掲げた。

「それじゃ、ジャイロアクシアのこれからに――」

「って、那由多！　一人で勝手に飲み始めてんじゃねえよ！」

言い終わる前に飲み始める那由多に、礼音が怒る。

「いいじゃん。好きにすれば」

涼もすでにサラダを食べ始めていた。深幸が苦笑して、ジョッキを下げる。

「はぁ……まあ、こうなるよな」

「み、深幸さん！　乾杯しよう！　ジャイロアクシア万歳！」

「おう、ありがとな」

礼音が自分のジョッキを、深幸のジョッキへとぶつける。キン、と澄んだ音が鳴った。

そんな光景を見ながら、賢汰は肉の皿を手に取る。

これればかりは他人にやらせるわけにはいかない。

「焼くのは俺に任せてもらおう」

「鍋奉行かよ」

すかさず深幸がつっこむが、涼は肉の皿を賢汰の方へ押しやってきた。

「ケンケンに任せておけば大丈夫」

「そうそう。こういうのは賢汰さんが一番」

礼音もうんうんと頷く。深幸もそんな二人を見て、納得したようだった。

「じゃあ、頼むわ。俺はちょいレア目が好みなんで」

「俺はよく焼き派」

「賢汰さんにお任せで」

口々に勝手なことを言いつつ、サイドメニューをつまみ始める深幸たち。賢汰は黙々と漬け物を食べている那由多にも話を振った。

「那由多はとりあえずロースでいいな?」

「……ああ」

那由多がどこか上の空な様子で返事をする。その態度を少し気にしつつも、賢汰はひとまず肉を焼くことに集中した。

香ばしい匂いが立ち上がり、焼き上がった肉を賢汰はどんどん各自の皿へ入れていってやる。飢えた狼のように、メンバーは肉を食らい始めた。

「うめー！　やっぱ、このタレの染みたのと、白飯最高！」

「俺は米はいらないなー。ジンギスカンのときは、肉だけで十分だろ」

「さすがケンケン。美味しい」

ちょうどよく焼けた肉をトングでつまみ、那由多の皿にも乗せてやる。那由多がもぐもぐと肉を咀嚼《そしやく》する。そのまま、ものも言わずに次の肉に箸を伸ばしたところを見ると、どうやらお気に召したようだ。

「那由多、どんどん焼くから、どんどん食えよ」

「……ああ」

自分が焼いた肉を満足そうに食べている那由多を見ると、なかなか懐かない猫《ねこ》に餌付けしているような気分になる。やや痩せぎみなきらいのある那由多だ。こういう機会に肉を食べさせておいた方がいいだろうと考え、甲斐甲斐《かいがい》しく賢汰は肉を焼いた。

音楽は技術も大事だが、体力も重要だ。

「しかし、那由多が来るとか、マジ珍しいよな。槍《やり》でも降るんじゃねえの？」

勢いよくごはんと肉をかっこみながら、礼音が言う。深幸もそれに同意した。

「だな。リベンジに向けての決起集会って感じでいいじゃないか」

「そうですね！　あのいけすかないプロデューサーに、今度こそ俺たちの音楽をぶつけてやりましょうよ！」

「おう。メジャーデビューしたら、もっと俺のファンも増えるだろうしな」

「深幸のファンが増えるかはともかく……俺たちの音楽を聴いて、幸せになってくれる人が増えるといいよね。俺が星に帰れる日も近づく」

「日本中にジャイロアクシアの曲を響かせような」

「深幸さん、どうせ目指すなら、世界ですよ、世界征服！」

「……宇宙征服」

どんどんスケールが大きくなっていく礼音たちの会話を聞きながら、賢汰は那由多へと水を向けた。

「そういえば、新曲の進捗はどうだ？　急《せ》かすわけじゃないが、いつできあがるかで話をどう持っていくかが変わるからな」

「……新曲か」

那由多がぴたりと箸を止めた。

眉間《みけん》に皺《しわ》が寄り、形のいい唇《くちびる》が歪《ゆが》む。しかし、いつもの不機嫌というよりは、どこか戸惑っているような印象を受けた。

「急かしてるわけじゃない。那由多の満足いくものを作ってくれればいい」

「言われなくてもわかっている！　俺に指図するな！」

何が地雷に触れたのか。

那由多がテーブルに拳《こぶし》を叩きつけた。ガシャン、とテーブルの上の食器が揺れる。そして、那由多は激昂《げつこう》したことを悔やむように、気まずそうに目をそらした。

「……黙って待っていろ。誰にも文句を言わせない曲を作ってやる」

「ああ、わかった。楽しみにしてるよ」

これ以上、那由多の機嫌を損ねないように、賢汰は努めて穏やかに言った。ついでに、ほどよく焼けた肉を数枚那由多の皿へと入れてやる。

「新曲さえ作ってくれれば、後は俺がやる。とりあえず、今日は食っとけ」

「……ああ」

いつもの那由多を知っていると、いっそ気持ち悪いほど素直に那由多が頷き、取り分けられた肉をつまむ。もしかして、作曲が上手くいってないのだろうか。

と、隣のテーブルで歓声が上がった。

あちらはあちらで、何かの打ち上げをしているようだった。ジョッキをぶつける音が響き、楽しげな笑い声が聞こえてくる。誰かがタバコを吸い始めたのか、ヤニ臭い煙が賢汰たちのテーブルへと流れてきた。深幸が顔をしかめる。

「風向き、悪いな」

「吸煙機、上手く働いてないのかな」

涼も眉をひそめた。しかし、一番、劇的な反応をしたのは、那由多だった。箸を置き、即座に立ち上がる。

「那由多？」

「……食う気が失せた。俺は帰る」

「ちょっ、おい……那由多！」

礼音の制止を無視して、そのまま那由多は鞄《かばん》を持って、店を出ていってしまった。完全に無視される形になった礼音が、怒りを露《あら》わにする。

「あいつ、勝手過ぎじゃないですか!?」

「あー……まあ、今まで大人しくメシ食ってただけでも上出来だと思おう。那由多の分も肉食っていいってことにしとこうぜ」

深幸が礼音をなだめ、炙りユッケを多めに取り分けてやる。

「でも……」

「那由多だからしかたないよ」

涼はたいして気にしていないのか、マイペースにサラダを食べていた。賢汰もそれに同意する。

「あいつの行動を縛ることはできない。なにせ、那由多だからな」

「涼さんも賢汰さんも、那由多に甘すぎますよ！」

ぷんすかと礼音は怒ったままではあるものの、目の前に那由多がいないのではこれ以上文句の言いようもない。

「まあまあ、今度会ったら、俺からもちょっと言っておくからさ」

「ま、深幸さんが言ったとこでって気はしますけどねー」

「とりあえず、肉食え、肉」

深幸になだめられ、促されるままに肉を食べ始めた。賢汰もようやく自分用に育てていた肉を口にする。礼音の言うように、那由多に甘くしているつもりはない。ただジャイロアクシアの中心が那由多である以上、那由多の意向を尊重しているだけだ。

だからこそ、今日の那由多の様子は少し気になった。

帰ってしまったことが、ではない。新曲のことを聞いたときの、あの不自然な態度。それが、やけに心にひっかかっていた。

「ん？　あれは……那由多？」

さらに数日経った、練習日。

スタジオに行く前に大通公園《おおどおりこうえん》を通った賢汰は、那由多の姿を発見して足を止めた。

意外な場所での、意外な姿に目を丸くする。

那由多は……猫にじゃれつかれていた。

目つきの悪い猫が那由多の足下にまとわりついている。那由多もうっとうしそうにしながらも、追い払う様子はなかった。

顔を上げた那由多と目が合う。

声をかけていいものかどうか迷っていたが、気づかれた以上はしかたない。賢汰は那由多へと歩み寄った。

「那由多の飼い猫か？」

「いや、違う。勝手についてくるだけだ」

不機嫌そうに言いながらも、那由多はしゃがみこんで、猫と目線を合わせた。なーお、と鋭い目つきに似合わないかわいらしい鳴き声を猫が上げる。那由多はますます眉間に皺を寄せた。

「簡単に懐くんじゃねえ」

不思議そうに小首《こくび》をかしげる猫に、真剣な顔で向き合う那由多。

「いいか。誇りを無くすな」

たとえ猫が相手であろうと、己の哲学を語る姿に、さすが那由多だと賢汰は妙に感心した。猫はといえば、無論、その言葉に感銘を受けるわけもなく、喉《のど》を鳴らして那由多にすり寄っている。

那由多の方も迷惑そうな顔をしつつも、手を伸ばして、猫の喉を撫《な》でてやっていた。意外と、猫が好きなのかもしれない。

「強く生きろ」

そう言って、立ち上がった那由多が、小さく咳《せき》をした。ざらついた音の混じった嫌な咳に、賢汰は顔をしかめる。

「もしかして、風邪《かぜ》でも引いているのか？」

「……たいしたことはない」

那由多が不機嫌そうに顔をそむける。さすがに放っておけなくて、賢汰は那由多の顔を覗きこんだ。……少し、顔色が悪い気がする。

「無理はするな。練習は休んだ方がいい」

「たいしたことないと言ってるだろ。歌うのに支障はない」

だが、那由多がまた軽く咳きこんだ。

「ダメだ。まず医者に行け。喉にいいものを後で用意する」

那由多の喉はジャイロアクシアの宝だ。

それが、わずかであっても損なわれるなどあってはならない。

賢汰は鞄の中を探って、ライブタオルを取り出すと、那由多の首に巻いてやろうとした。

「そろそろ風が冷たくなってくるからな。少々、見た目が悪いが、巻いておけ。ストールかマフラーを用意しておくべきか……?」

那由多がむっとした顔で、うっとうしそうに賢汰の手を払いのける。

「那由多。喉を痛めたら、どうする」

「だから、大丈夫だと言ってるだろうが」

「そうだ。のど飴《あめ》を買ってくる。せめて少しでも喉を労れ」

道中にあるドラッグストアを脳内で検索する。のど飴の揃《そろ》いがいいのはどこだったか。

考えこむ賢汰に、那由多が呆《あき》れた顔になる。

「お前は俺の母親か」

「那由多はうちの大事なボーカルだからな。心配して当然だろう」

「……ふん。勝手にしろ。俺は先に行く」

那由多は鼻を鳴らすと、すたすたと歩き出した。強情だな、と思いつつ、賢汰もその背中を追って歩き出す。

やけに冷たい風が、二人の間を吹き抜けた。


悪いときには悪いことが重なる。

不運なことに、その日はスタジオの空調が故障していた。

「ちょ、これ、空調おかしくないか?」

礼音がスポーツドリンクをがぶ飲みして、眉をひそめる。涼も賢汰が買ってきたのど飴を舐《な》めながら、うんざりした顔をしていた。

「空気、乾燥しすぎ……」

「俺、ちょっと聞いてくるよ」

「ああ、頼む」

深幸がスタジオのスタッフへ、質問しに行く。賢汰は那由多の様子を窺《うかが》った。練習を始めてからも、何度か咳をしている。そのたびに賢汰は心配したものの、那由多に大丈夫だと突っぱねられていた。

しかし、いつもとわずかにだが、声が違う。

高音にいつもの鋭い力強さがない。

（本当に大丈夫なのか……？）

苦虫を噛《か》みつぶしたような横顔を見ていると、那由多が顔を上げた。その顔色はやはり冴えなかった。賢汰は涼が抱えているのど飴の袋から、飴を一つ取り、那由多へ差し出す。

「深幸が戻ってくるまで、舐めていろ」

「……だから、お前は俺の母親か」

呆れつつも、那由多は大人しくのど飴を受け取った。はちみつ色の飴を口に放りこみ、また楽譜を親の仇《かたき》のように睨《にら》み始める。

しばらくして、深幸が戻ってきた。

「ダーメだ。どうも空調が壊れたらしい。今から修理呼ぶけど、今日中はこの調子だってさ。どうするよ」

「ふむ……」

深幸の報告を受け、賢汰は即座に結論を下した。

「今日の練習はこれで切り上げよう。那由多の調子もよくないしな」

「ふざけるな！」

だが、当の那由多が噛みついた。

「俺は歌える！　やめるなら勝手に出ていけ！」

だが、怒鳴った拍子に、那由多がこれまでで一番激しく咳きこんだ。咳が治まっても、肩で息をしている。

賢汰は思わず那由多に駆け寄った。

「大丈夫か!?」

「大丈夫だと言っている!!」

差し伸べた手は振り払われた。那由多が射殺《いころ》しそうな目で賢汰を睨む。見かねたのか、深幸が軽い調子を装いながら二人の間に入った。

「おいおい、那由多。心配してくれてんのに、その態度はないだろ。まあ、ちょっとうざいのはわかるけどさ」

ついで礼音も深幸に同調する。

「っつか、マジで調子悪いんだろ？　無理して、こじらせたら元も子もねえんだし、休んで体調整えるのも大事だってことぐらい、ガキじゃねえんだから、わかるだろ」

「俺も同感。今日は終わりにしようよ」

涼にまで言われて、那由多の端正な顔が憤怒《ふんぬ》へと染まっていく。

「……うるさい」

ついに握りしめられた拳が、壁に叩きつけられた。

「お前ら、全員出ていけ！」

那由多が怒りに燃える瞳《ひとみ》で、全員を睨む。

最初に呆れたのは礼音だった。

「わかったよ！　ったく、もうお前の心配なんかするか！　勝手にやってろ！」

逆ギレ気味に怒鳴ると、ギターを片付け、さっさと出ていく。涼も軽く肩をすくめて、帰っていった。深幸は少し逡巡《しゅんじゅん》するように那由多を見ていたが——

「聞こえてねえのか。出ていけと言ったんだ」

「……わかった。俺も帰る。でも、本当に無理だけはするなよな」

諦めたのか、手早く片付けをすませ、出ていった。残った賢汰に、那由多のきつい視線が向けられる。

「里塚《さとづか》、お前も帰れ。邪魔だ」

那由多は誰も近寄らせないほどの怒りを発していた。こうなれば、話は通じない。何か言うだけ、余計に那由多を意固地にさせるだけだろう。

そう判断し、賢汰はため息をついた。

いくらなんでも、喉を壊すほどの無茶はしないだろう。那由多だって、子どもではないのだから、自分の喉がどれほど大切かはわかっているはずだ。

「いいだろう。……明日の練習は予定通りでいいか？」

「かまわねえ」

「じゃあ、また明日」

後ろ髪を引かれつつも、賢汰もスタジオを後にした。


しかし、追い出されたものの……すぐ帰宅する気にはなれなかった。

スタジオの入り口が見えるカフェに陣取り、那由多の練習が終わるまでは待とう、とノートパソコンを広げる。

どうにも、この間から那由多の様子がおかしいことが気になってしかたなかった。

別に那由多がすぐに怒ることや、数多《あまた》の暴言、メンバーへの横暴と言える態度などはどうでもいい。そんなことは那由多の作る音楽を何一つ損ねはしない。旭那由多という男が最高の音楽を作り出す間は、那由多がどういう人間であろうとかまわなかった。

だが、その音に傷がつくとあれば話は別だ。

新曲の進捗が進んでいない様子なのも、心配だった。くわえて、あの咳といつもよりも力のない声。

那由多の歌が完璧でなくなるようなことがあるならば、それは看過できない。

ジャイロアクシアのリーダーとして、また旭那由多の声に惚《ほ》れこんだ一人の男として、できうる限りの力を尽くすべきだ。

その結果、那由多に怒られようが、嫌われようが、かまわない。大事なのは、那由多が神の歌声を響かせることだけだ。

（そろそろ出てくる頃なんだがな……）

練習が終わる時間になっても、那由多は出てこなかった。

それ自体は、普段ならよくあることだし、気にすることでもない。だが、本調子でない上に、一人で練習している今日はさすがにひっかかった。無茶はしないと思っていたが、もしかしたら意地になって、必要以上に自分を追いこんでいるのかもしれない。

（しかたない。様子を見に戻るか）

那由多は怒るかもしれないが、彼が喉を傷めるよりはマシだ。

賢汰はさっさと荷物をまとめると、スタジオへと戻った。


「那由多っ!!」

スタジオの扉を開けた瞬間、床に倒れている那由多が目に飛びこんできた。

間髪入れずに駆け寄る。

「うるせえ……」

那由多が弱々しく顔を上げる。顔色が真っ青だ。喉からはヒューヒューと喘鳴音《ぜんめいおん》がしている。骨ばった体を抱き起こすと、那由多は再び激しく咳きこんだ。

「救急車を……」

「いらねえ……鞄、薬が……」

「わかった！」

那由多をそっと床に寝かせて、急いで鞄を開ける。すぐに喘息《ぜんそく》用の吸入器が見つかった。那由多に渡すと、慣れた仕草で口へとあてがう。

しばらくすると、苦しそうだった那由多の呼吸がじょじょに和らいできた。顔色はまだ戻らないものの、落ち着いたようだ。

吸入器を顔から離すと、那由多は賢汰を睨みつけた。

「いいか、誰にも言うな。もしバラしたら、ジャイロアクシアを出ていってもらう」

「わかった。誰にも言わない。約束しよう」

賢汰は即答した。

那由多が言うなと命じるならば、誰にも言う気はない。那由多は誇り高い存在だ。少しでも弱い部分を見せるのがイヤなのだろう。賢汰にも、本当ならこんな姿を見せるつもりはなかったはずだ。蒼白《そうはく》な顔で賢汰を睨みつける姿は、痛々しくも神々しかった。

だが、呼吸が落ち着いても、なお、時折ひくひくと痙攣《けいれん》する喉に、さすがに不安が募る。

吸入器の扱いから見て、発作が初めてだとは思えなかった。

もし、慢性的なものだとしたら――

「……歌えるのか？」

それは、もし那由多の歌声が失われたら、という恐怖からこぼれた言葉だった。

考えるだけでも恐ろしい不安を打ち消してほしくて、思わず尋ねてしまった。

だが――

その言葉に、那由多は整った顔を激怒へと染め上げた。

「歌えるに決まってるだろう」

答える声は怒鳴り声ではなかった。低く抑えた声音。だが、それだけにまるで氷のように冷え切り、那由多の怒りの深さを窺わせた。

「俺を疑うなら、お前がここにいる必要はねえ」

那由多はふらつきながらも、一人で立ち上がった。乱暴に鞄を摑《つか》む。

「那由多！」

「……ついてくるな」

完全に他人を拒絶しきった背中を向け、那由多はスタジオを出ていった。

扉の閉まる音が、やけに大きく響く。

「失敗したな……」

賢汰は額《ひたい》に手をやると、大きくため息をついた。那由多の喉を心配するあまり、盛大に地雷を踏んづけたらしい。

（今はそっとしておくか。明日にはまた練習に来るだろう）

フォローはそのときにすればいい。

賢汰はそう軽く考えて、スタジオの後片付けを始めた。

だが、翌日のスタジオに那由多の姿はなかった。

「えっ、那由多、まだ来てないんですか!?」

一番遅くに来た礼音が目を丸くしている。

こんなことは前代未聞だった。

賢汰は焦りを胸に抱えながら、何度もスマホをチェックしていた。那由多には何度もメッセージを送っているが、既読すらつかない。昨日のことからすると、家で倒れているかもしれない。そう考えると気が気じゃ無かった。

「連絡、つかないの？」

「ああ……」

涼に聞かれて、半ば上の空で返事をする。

昨日の夜に見た、那由多の蒼白な顔が脳裏に焼きついていた。

深幸がドラムをセットしながら、訝《いぶか》しむような顔をする。

「おいおい、どうしたんだ？　ケンカでもしたのか？」

「那由多と賢汰さんがケンカ!?　ありえねえ！」

「まあ、でも、たまにはそういうのも必要かもしれないけどな。賢汰はいつもいつも那由多に甘すぎるから」

「あ、それはそうかも」

「まあ、でも、早く仲直りしろよ」

まるで見当違いのことを言っている深幸と礼音にイライラして言い返す。

「そんなんじゃない」

昨日のあれは、断じてケンカなどではない。

那由多の地雷を踏んだかもしれないが……リカバリーは利くはずだ。

自分は今まで、那由多が何も気にせず音楽だけに集中できるように、ジャイロアクシアを作り上げてきた。那由多が歌う上で、最高の環境はここのはずだ。それを簡単に那由多が捨てるとは思えない。

だからこそ、心配だった。

やはり、どうしても家で一人倒れている那由多を想像してしまう。

「……様子を見に行ってくる」

「いってらっしゃい」

涼があっさりと手を振る。礼音が「えっ」と驚いた。

「ちょ、練習はどうするんですか!?」

「三人でやっててくれ。それぞれ課題はわかってるだろう」

「まあ、わかってますけど……」

「状況がわかったら連絡する。……じゃあな」

それだけを言うと、賢汰はスタジオを飛び出た。

今は、那由多のことしか考えられなかった。

スタジオを出てすぐにタクシーを拾い、那由多のマンションへ向かった。

焦る気持ちでインターホンを押し、イライラと足踏みしながら待つ。

返事はない。

（こんなことなら、合鍵をもらっておくべきだった）

いっそ、大家に頼んで無理にでも鍵を開けてもらうべきか、と考えていると、隣の部屋の住人が出てきた。

「あ、そこの人なら、昼前に出かけていきましたよ」

「出かけていった!?　どこにですか!?」

「す、すみません。そこまでは……」

親切な隣人に詰め寄るも、困った顔をされるだけだった。舌打ちしたい気持ちを抑えて、賢汰は頭を下げる。

「ありがとうございます。あ、もし、会ったら『里塚』が来た、とお伝え願えますか？」

「わ、わかりました」

賢汰はもう一度隣人にお礼をすると、マンションを後にした。

出かけた、ということは体調は戻ったのだろうか。いや、もしかしたら病院に行っているのかもしれない。ここから、一番近くで、呼吸器の治療をやっている病院はどこだ？

那由多に「今、どこにいる?」とメッセージを送ってから、賢汰は近くの病院を検索し始めた。

(那由多、無事でいてくれよ……)

祈りながら、検索で出てきた病院へと向かう。

一刻も早く、那由多の無事な姿を確認したかった。


しかし、那由多の姿はそこにはなかった。

他の候補に考えていた病院もいくつか巡る。だが、どこにも那由多はいない。

(那由多、今、どこにいるんだ……?)

必死に考え、那由多が行きそうな場所を巡る。

練習の後にたまに寄るカフェ、よく使用するライブハウス、機材のメンテナンスを頼んでいる楽器店……。だが、そのどこにも那由多はいなかった。

焦りがどんどん広がっていく。

(那由多、本当にジャイロアクシアをやめるつもりなのか?)

そんなはずはない。

そんなはずはないと思っていても、嫌な予感が消えてくれない。

（せめて一言、連絡をくれれば……）

　何度も那由多にはメッセージを送っている。けれど、既読すらつかなかった。那由多が今、どこで何をしているのか、まったくわからない。

（俺は意外と那由多のことを知らないいな）

　こういうときに那由多の行く場所がわからない。

　那由多について知っているのは、音楽に関することばかりだ。

　だんだん夜も更けてきた。

　もしかしたら帰っているかもしれないと思い、もう一度マンションの様子も見に行った。しかし、帰っている気配はまるでなかった。

　スタジオにも戻ってみたが、那由多は来ていないと言う。

　さすがに他の面々も心配し始めた。

「っつか、あいつ、せめて連絡くらいしろよな！」

「一緒に捜した方がいいか？」

　深幸が親切心からそう言っているのはわかっていたが、賢汰は首を横に振った。

「いや、大騒ぎすると那由多のことだ。余計に意地になるかもしれない。ここは俺に任せておいてくれ」

野生の動物はケガをすると身を隠すという。那由多にもそういう部分があった。弱みをけして見せない、誇り高さ。喘息のことを誰にも言うなと命じられていたこともあって、賢汰は那由多を一人で捜すと決めた。

「……そうか。でも、何かあったら言えよ」

深幸も那由多の性格をわかっているのか、思ったよりはあっさりと引き下がってくれた。いろいろとバンドの人間関係に思うところがあるようだが、踏みこみ過ぎないでいるあたりは深幸のありがたいところだ。

「ケンケン、那由多をよろしく」

涼がカロリーメイトとスポーツドリンクを投げてよこした。

「わかった。……ありがとう」

飲まず食わずで走り回っていたから、その気遣いは嬉しかった。受け取って、スポーツドリンクを口に含む。カラカラだった喉に沁《し》みていった。

「それじゃ、行ってくる。後片付けは任せた」

再び、夜の街に飛び出す。

行くあてはない。それでも、じっとしてはいられなかった。

那由多の行動を考える。

スタジオに来ていないとはいえ、那由多が一日も歌わずにいられるとは思わなかった。

自宅とスタジオ以外で、那由多が歌いそうな場所を捜す。

カラオケだろうか。いや、あまりそういうところに行きそうにはない。高校と家の位置から考えて、那由多が行きそうな場所で、歌うことができる場所をＳＮＳで検索していく。

……と、ストリートミュージシャン系の動画が、目に留まった。

「那由多？」

思わず、間の抜けた声が出る。

『那由多が路上ライブしてる？』

とタイトルがつけられたその動画は、そんなに長いものではなかった。アーケード街を歌いながら歩いている那由多を隠し撮りしたもののようだ。

『ジャイロの那由多？』『え？　ソロ？』『やば、カッコイイ』『アカペラでも完璧』『誰？　プロじゃないよね？』……と様々なコメントがついている。

（これは……狸小路《たぬきこうじ》か？）

背景から、那由多が歌っている場所を推測する。動画がアップされた時間から考えると、まだ那由多がそこにいる可能性は高かった。スタジオを出て、間もないのが幸いした。おそらく、すぐ近くに那由多はいる。

……というか、この分だとどうやら入れ違いになっていたようだ。

賢汰は急いで、那由多がいると思われる方へ走った。

まだ、歌っていてくれることを願いながら。


那由多のいる場所はすぐに判明した。

狸小路四丁目。すでにシャッターの閉まった店の前に、大勢の人だかりができていた。

その中心から、那由多の力強くも繊細な歌声が、喧噪《けんそう》を越えて響いてくる。

「ちょっとすみません」

人垣を越えることは無理そうだった。だが、離れていても、那由多の姿は見えた。たとえステージでなかろうと、楽器すら無くても、那由多は王のように歌っていた。

冬の夜空にも似た、硬質な声が至上の音楽を紡ぐ。

何度も聴いている歌なのに、それでも賢汰は聴き惚れた。

那由多を手放したくない。

この歌声を守りたい。

強く、そう思う。

賢汰と同じように集まった人々も、那由多の歌に聴き入っていた。那由多の周りだけ、しん、と静まり返り、ただただ彼の歌声だけが強く響く。アーケード街を歩く人たちが次々に足を止め、人垣はどんどん増えていく。

「誰、あれ」「すごーい。かっこいい……」「デビューとかするのかな」などという囁《ささや》きが聞こえる。ジャイロアクシアを知らない人間にすら、耳を傾けさせる那由多を誇らしく思った。これが俺たちのボーカルなのだと、胸を張りたくなる。

（これも、使えるかもな……）

ふと思い立って、賢汰はスマホのカメラを起動し、那由多の姿を撮影し始めた。どんどん人が増えていくのも含め、路上ライブ風景として撮っていく。

（那由多が満足するまでは、このまま邪魔せずにおくか）

いつもと同じ気難しい顔をしているようで、歌っている那由多はどこか楽しそうにも見えた。声は那由多の最高点を知っている賢汰からすれば、本調子とは言い切れないが、それでも、昨日感じた不安や心配は吹き飛んだ。

那由多は歌える。

たとえ、どんなことがあったとしても。

一瞬でも自分が人生を賭けた相手を疑ったことを恥じながら、賢汰は歌うためにこの世に生まれてきた男をじっと見つめていた。

「……終わりだ」

満足し終わったのか、那由多が終了を告げる。

観客はしばらくアンコールをねだっていたが、那由多が歌う気がないと悟ると、じょじょに解散していった。人垣が消え、那由多と目が合う。

那由多の鋭い目が、険悪に細められた。

「何をしに来た？」

賢汰は真剣な顔で那由多に向き合った。

「お前が歌うべきはこんな場所じゃない。ドームだ」

那由多の目が、ますます鋭さを増した。

「そのために話がある。ついてきてほしい」

見つめられるだけで切り裂かれそうな那由多の視線を正面から受け止める。那由多はしばらく賢汰を睨んでいたが、やがて小さく息を吐いた。

「……いいだろう」

「ここで立ち話もなんだ。せめて座れるところに移動するか」

少し歩いて、大通公園までやってきた。

自動販売機で温かいゆずはちみつドリンクを買って、那由多に手渡す。那由多は一瞬、怪訝《けげん》な顔《かお》をしたが、受け取りはした。賢汰も自分の分のホットコーヒーを買って、那由多と並んでベンチに座る。

「なんだ、このチョイスは」

「喉にいい。さんざん酷使したんだ。水分はとっておけ」

「……てめぇ」

喉の話がまた逆鱗《げきりん》に触れたか、那由多がペットボトルを握りしめる。中身の入ったペットボトルがみしり、と音を立てた。

那由多がキレて立ち上がるより先に、賢汰は頭《あたま》を下げた。

「……昨日は、すまなかった！」

「なんのつもりだ」

「お前を疑ったつもりはない。ただ、心配だっただけなんだ。結果的に疑うようなことを言ってしまったのは、悪いと思っている」

「…………」

「お前は何があっても歌うヤツだ。俺はそれをよく知っているはずだったのにな」

那由多の瞳の中には、まだ怒りの炎が揺らめいている。しかし、それは少しずつではあるが落ち着き始めていた。賢汰は目をそらさずに、まっすぐに願いを告げた。

「那由多。俺はお前にずっと歌っていて欲しい。だからこそ、不本意なことにならないように、お前の喉を俺に守らせてくれ。俺にできることがあれば何でもする。何をすればいい？　何をすれば、お前の歌を守ることができる？」

賢汰の必死の訴えに、那由多はわずかに目を見張った。

「……止めないのか」

「止めるものか。お前は歌うために生まれてきた男だ」

堂々と言い切る賢汰に那由多が眉をひそめた。だが、構わずに賢汰はここぞとばかりに那由多への思いをぶつけた。

「喘息のことは確かに心配だ。だが、それはお前の歌に傷をつけるものじゃない。ステージでのことが心配なら、俺が全てサポートする。お前はただ、お前の望む音楽を作り出すことだけ考えていればいい」

「……つまりは、今までと同じということか？」

「いいや、今まで以上に、だ。お前の健康管理も俺がする。雑事に惑わされるな。歌え、奏でろ、那由多。それがお前の存在価値だ」

ある種、傲慢ともとれる台詞《せりふ》に、那由多が呆れた顔になる。

「俺はお前のために歌うわけじゃない」

「そんなことは百も承知だ。俺が勝手にお前の音楽に惚れこんだだけだ」

「……馬鹿な男だ」

吐き捨てるように言って、那由多はペットボトルの蓋を開け、中身を飲んだ。気に入ったのか、そのまま半分ほど飲み、視線を地面に落とした。

その、人に媚《こ》びることをしない孤高の野良猫のような横顔に、賢汰は問いかける。

「お前とはそれなりに長い付き合いだったと思うが……今まで、昨日みたいなひどい発作は見たことがなかった。最近、ひどくなったのか？　だとしたら、原因はなんだ？　心当たりはないのか？」

矢継ぎ早な問いかけに、那由多が仏頂面になる。

「頼む。お前のサポートをするにしても、状況が知りたい。教えてくれるか？」

だが、重ねて頼めば、不承不承といった様子ではあるが、口を開いてくれた。

「医者は……ストレスだと言った。だが、俺はそんなに弱くない」

「ストレス？　何かあったのか？　些細《ささい》なことでもいい。心当たりは？」

「……あのクソ野郎のバンドのことだ」

那由多が苦虫を嚙みつぶした顔になる。

そこから先、那由多の口はますます重くなった。水面に小石を投げるように、ぽつりぽつりと言葉少なく語る那由多の事情を、賢汰は真剣に拾い上げた。

那由多の父がレジェンドバンドのボーカルであること。

彼が音楽のために那由多と母を捨てていったこと。

那由多に喘息があるとわかったとき、父に「お前には歌は無理だ」と切り捨てられたこと。それから、母が那由多を見る目に混じる同情と哀れみ、母から繰り返される謝罪……。

レジェンドバンドの話が那由多にとって、なぜ地雷だったのか。

那由多の話から、賢汰はそれを理解した。

そして……那由多にとって、レジェンドバンドに勝つことが、大きなモチベーションになっていることも。

「だから、俺はあいつの猿《さる》まねなんかまっぴらだ。俺は俺のまま、あいつに勝つ」

べこり、と音を立てて、ペットボトルが握りつぶされる。

「なのに、いざ曲を作ろうとすると喉が詰まる。ふざけるな！　俺の声は、あいつに似てなんかいない。俺はあいつとは違う！」

那由多の目に再び怒りの炎が灯る。

それは、全てを焦がし、燃やし尽くすほど、美しく激しい炎だった。

その瞳に賢汰は魅せられる。

怒りを目に宿す那由多は、まるで太陽に向かって羽ばたくイカロスだ。

墜落するかもしれないとわかっていても、高みを目指して、飛ぶことしか知らない。

だから……賢汰は那由多を守ろうと思った。

その翼が折れぬように。

太陽にすら勝つほどの、激しい炎の翼で、どこまでも羽ばたいていけるように。

「確かに声質は似ているところもある」

「なんだと？」

内心の情熱とは裏腹に、淡々と言う賢汰に那由多が牙《きば》を剝《む》く。そんな那由多に、あくまで賢汰は理詰めに語った。

「だが、決定的に違うところがある。那由多の方が低音の響きは深い。それに、那由多の方が繊細な音のゆらぎを表現するのに長けている。似合う曲はまるで違うさ」

「……何が言いたい」

「くだらないことで足を止めるな、お前らしくもない。お前はただお前であればいいんだ。俺はお前の歌が世界最高だと信じている」

那由多が大きく目を見開いた。

「いずれ、逆に言われる日が来るさ。あれが旭那由多の父親か、ってな」

賢汰は路上ライブの風景を思い浮かべた。

次々に那由多の歌に足を止めていく人々。

「俺たちの音楽を知らないヤツらが、次々と足を止めていくのを見て確信した。お前の歌には力がある」

賢汰には見えていた。いずれ、ドームの大観衆の前で那由多が歌う日が。

その全てが、旭那由多に歓声を送る日が。

「世界中の人間をお前のファンにしてみせる。……それとも、自信がないなんて、逃げる気か？」

挑発するように微笑むと、那由多が大きく息を吸った。そして、胸のうちに抱えこんでいたものごと出してしまうように、強く息を吐く。

「安い挑発だ。……だが、乗ってやる」

那由多が立ち上がって、ペットボトルを放り投げる。

綺麗《きれい》な放物線を描き、ゴミ箱へとシュートされた。

炎を宿す王者の瞳が賢汰を見下ろす。

「待っていろ。最高の新曲を聴かせてやる」

堂々と胸を張り、那由多は自信に満ちた傲慢な笑みを浮かべた。


——翌日。


「遅い！　さっさと始めるぞ！」

誰よりも早くスタジオに来ていた那由多は、やってきた礼音たちを怒鳴りつけた。

まるで何もなかったかのように、いつも通りな暴君に礼音がぽかんとする。

そして、すぐさま、かっと頬《ほお》を染めて怒鳴り返した。

「お前な！　昨日サボっておいてそれかよ！」

今にも那由多の胸ぐらを掴みにいきそうな礼音を、深幸がまあまあ、となだめる。

「風邪でも引いてたのか？　みんな、心配してたんだぜ」

「別に俺は那由多の心配なんか……！」

「誰も心配してくれとは頼んでねえ」

「なっ、お前、そんな言い方……」

不毛な言い合いが発生する前に、賢汰は先んじて那由多の代わりに説明した。

「昨日はやっぱり風邪で寝てたそうだ。一昨日、風邪で喉を傷めていたところに、空調の調子まであれだったからな」

「……ふん」

そういうことにしておいてやる、と言わんばかりに那由多が顔をそむける。那由多のそんな態度に礼音がまたキレた。

「ふざけんな！　だったら連絡くらいしろよな！」

「まあまあ、風邪じゃしょうがないって。でも、次からは頼むぜ。倒れてんじゃないかって、気が気じゃ無かったからさ」

深幸が取りなしながら、楽器の準備を始める。

その間に、賢汰はせっせと那由多の世話を焼いていた。

「那由多、今日ものど飴を買ってある。それから、大根の蜂蜜漬けも作ってみた。あと、ストールを買ったから、帰りは巻いていけ。もう少し寒くなってきたら、マフラーも用意しておくから……」

普段より大きな鞄からあれこれ出す賢汰に、那由多が呆れる。

「……だから、お前は俺の母親か」

「そうですよ！　っつか、賢汰さん、前にも増して過保護すぎません？」

「まったくだ。お前、もうちょい子離れしろよ」

礼音と深幸もとがめるが、賢汰は気にせず、那由多の鞄にストールとのど飴を突っこんだ。休憩のときは大根の蜂蜜漬けを絶対に食べさせると決めている。

深幸と礼音もそんな賢汰に呆れ顔をしつつも、諦めたのか、練習の準備をさくさくと進めていった。

「空調もばっちり直ったし、今日もバリバリやるか……って、うおっ!?」

と、深幸がすっとんきょうな声を上げた。足下にいた猫に目を丸くする。

「は？　猫？」

「……ここまで入りこみやがったか」

那由多が不機嫌につぶやく。

公園で那由多にじゃれついていた猫だった。賢汰がしっしっと楽器の近くから追い払いながら、提案する。

「いっそ、うちで飼おうか？」

「放っておけ。そいつは誇り高い野良だ」

だが、とてもそうとは見えない猫は、にゃーんと今度は涼にじゃれついた。涼が抱き上げて、ごろごろと喉を撫でながら、那由多に顔を向ける。

「そういえば……新曲はどうなったの？」

那由多が片眉を上げる。

形のいい唇の端が持ち上がり、傲然とした笑みを形作る。

珍しい那由多の笑みに、全員が驚いた。

「聴かせてやる。……次のライブまでにものにしろ」

そう命じると、那由多は歌い出した。

力強く、でも繊細で、鮮烈で、激しくて、どこまでも高みを目指す歌。

それは今までのジャイロアクシアの集大成と言えるような曲だった。

太陽を、いや、その先を目指して、燃える翼で飛び立つ歌。

歌い終わった那由多の肩を賢汰が叩く。

「いけるな」

「まだまだだ。ここから磨く」

那由多が厳しい顔になり、声を張り上げる。

「練習を始めるぞ！」

この日、ジャイロアクシアは、また大きな一歩を踏み出した。

第四話

果てしなき高みを目指して

GYROAXIA

「お前たちにリベンジの機会を持ってきた」

札幌《さっぽろ》駅前の喫茶店。

賢汰《けんた》たちに向き合った男が、おもむろにそう切り出した。

男の名は摩周慎太郎《ましゅうしんたろう》。

つい最近、ジャイロアクシアのマネージャーになった男だ。先日のいけすかないプロデューサーと同じレコード会社だということもあって、始めは相手にしなかったメンバーだったが、摩周の熱意を認め、マネージャーに就任してもらった。

まだ正式なアーティスト契約こそ交わしていないものの、様々な便宜を図ってもらっており、賢汰は改めて大手組織の力を痛感していた。

那由多《なゆた》とジャイロアクシアが頂点に立つためには、目の前の男の力が必要だ。その摩周が持ってきたリベンジ話と聞いて、自然と背筋が伸びる。

「リベンジ……と言いますと？」

那由多を虚仮《こけ》にしたあのプロデューサーへの怒りを内心で煮えたぎらせながら、賢汰はあくまで冷静に聞き返す。摩周が全てお見通しだと言わんばかりの目で見つめてきた。

「以前、我が社のボンクラがお前たちに不快な思いをさせただろう。そのリベンジだよ」

もってまわった言い方に、那由多がいらいらと指で肘《ひじ》を叩《たた》く。

「もったいつけずにさっさと本題に入れ」

「わかったわかった」

摩周が真剣な顔になった。

「ジャイロアクシアには、我が社と正式にアーティスト契約をしてもらいたい。これは、俺だけの考えでなく、社としての望みだ」

礼音《れおん》が身を乗り出す。

「俺たちが、プロデビューできるってことですか!?」

「ああ、もちろんだ」

「まさか、そのためにまた猿《さる》まねをしろだなんて言うんじゃねえだろうな?」

那由多が剣呑《けんのん》な目を摩周に向ける。しかし、摩周はそれをさらりと受け流した。

「そのつもりはない。私は、旭《あさひ》那由多が生み出し、君たち全員が作り上げる、ジャイロアクシアの音楽を共に磨き上げたいと思っている。そのために会社にお前たちとのアーティスト契約を認めさせた」

だが、そこで摩周はわざとらしいため息をついた。

「とはいえ……それで納得できない連中も多くてな。契約を結ぶに当たって、一つ、条件がある。それを呑《の》んでもらおう」

面倒だな、と思いつつ、賢汰は慎重に言葉を返した。以前のプロデューサーとのことがある。まだ摩周を百パーセントは信用できなかった。

「条件によりますね」

「何、簡単だ。二週間後、うちに所属しているバンドが札幌でライブを行う。彼らの前座を務めてもらいたい」

「俺に引き立て役をやれってか」

那由多がまた摩周を睨《にら》む。摩周は首を振った。

「いいや、彼らの客を食え、と言っている。ハコはこちらで用意する。そこに来るアウェーの観客すら、ジャイロアクシアのファンにしてしまうことができれば……上も納得するだろう。むろん、社内から数人がジャッジに来る」

摩周の告げた会場の規模は、今までジャイロアクシアが出演してきたライブハウスより、数段上だった。やはり大手レコード会社の力は素晴らしい。今度こそ、このチャンスをものにしたい。

「それとも……引き立て役にしかなれないのか？　アウェーの会場では自信がない、と？」

挑むような摩周の眼差しを、那由多が真っ向から受けて立った。

「やってやろうじゃねえか。全員、俺の音楽で屈服させてやる」

傲然と言い放つ那由多。礼音も身を乗り出した。

「おいおい、お前一人で勝手に決めんなよ。ま、俺もやる気だけどな。ジャイロアクシアの凄《すご》さを見せつけてやろうぜ」

深幸《みゆき》もにやりと笑って片手を挙げる。

「ああ、会場中の女の子は、俺のファンにしてやるよ」

涼《りょう》も自信ありげに頷《うなず》いた。

「うん。俺たちなら、星までだって届かせられる」

最後に賢汰が摩周へと手を差し出す。

「そういうわけです。摩周さん、俺たちはやってみせます。その条件、受けましょう」

「ああ、楽しみにしている」

摩周が賢汰の手をがっちりと握った。


スタジオに移動し、練習の準備を始める。

全員がやる気に満ち満ちていた。

「すごいよな、デビュー前にあんなところでライブできるなんて」

礼音が念入りにギターをチューニングしながら、笑う。

「前座ってのが気にくわないけど……俺らがメインのつもりでやろうぜ」

譜面のチェックをしていた那由多がぼそりとつぶやく。

「お前に言われなくても、そのつもりだ」

「なんだと!?」

恒例の一方的な口げんかが始まりそうになったところで、深幸が間に入った。

「まあまあ、落ち着けって。全員同じ気持ちなんだからさ。何もケンカする必要なんてないだろ？」

礼音が不服そうな顔をしつつも、チューニングに集中し始める。それを見て、深幸は賢汰に話を振った。

「それはそうだけど……」

「しかし、一度はプロデューサーを追い返した会社から、あんないい話を引き出せるなんて……摩周さんはすごいな。同じ眼鏡《めがね》でも大違いだ」

深幸が軽いイヤミを向けてくる。別になんと言われようと気にならない。賢汰は軽く肩をすくめて流した。

「ああ、さすがだな。もっとも摩周さん任せにするつもりはない。俺は那由多を頂点に連れていくと約束した。そのためならなんだってするさ」

自分から話を振っておいて、それ以上は触れたくないというように深幸が首《くび》を振る。

「……そうかよ。ま、そのあたりはお前に任せる。さてと、俺は準備オッケーだけど？」

深幸の呼びかけに、礼音が頷いた。

「俺もばっちりです」

「……俺も」

「むろん、俺もだ。那由多、いいか？」

涼が親指を立ててみせ、賢汰が那由多に視線を送る。那由多が顔を上げ、マイクを握った。常に鋭いその横顔が、さらに引き締められる。

「誰に聞いている。……始めるぞ」

「おうっ！」

そして……運命のライブに向けての練習が始まった。

練習を終え、賢汰と那由多は揃って帰路についていた。

遠回りにはなるが、最近はすっかり大通公園《おおどおりこうえん》を経由するのが習慣になっている。ずいぶん冷たくなった夜風に季節を感じながら、二人は公園を歩いていた。賢汰はポケットに手を入れて、今日のことを思い返す。

今日の練習には手応えがあった。

各自の持つ課題を上手《うま》く洗い出せたと思う。

あとはそれを本番までに、どう磨き上げていくか、だ。

少し先を歩いていた那由多が、ふと立ち止まった。見れば、最近、スタジオにまで潜りこむようになった猫《ねこ》が足下にじゃれついている。

最初こそうっとうしそうにしていた那由多だったが、やがてしゃがみこんで、喉《のど》を撫《な》でてやり始めた。余計なおせっかいだとわかっているが、つい口を出してしまう。

「あまり猫に触るな。喘息《ぜんそく》がひどくなるぞ」

「そんなにやわじゃねえ」

那由多が賢汰を軽く睨む。しかし、肝心の猫は今度は賢汰の方へすりよってきた。まだ睨んでくる那由多にしかたないだろう、と肩をすくめてみせ、しゃがんで猫に手を伸ばす。猫は賢汰の手にすりすりと頰《ほお》を寄せてきた。

那由多はしばらく不機嫌な顔で猫を見ていたが、ふっと視線を落とした。その横顔はいつになく、少し思い詰めているようにも見える。

「……俺は絶対に勝つ。こんなところでは止まらねえ」

立ち上がり、空を見上げる那由多。どこまでも上しか見ていないその姿が、賢汰には眩《まぶ》しかった。必ず勝たせる、どこまでも高い場所へと連れていってやりたくなる。

猫から手を離し、賢汰は那由多の隣に立った。

「ああ、絶対に勝てる。お前が世界の頂点を獲るんだ」

月が明るく二人の行く手を照らす。

猫が二人を応援するように、にゃーんと低い声で鳴いた。


しかし、次の練習は上手くいかなかった。

ドンッ！

那由多が苛立《いらだ》ち紛れに壁を殴りつける。今日はいったい何度目だろうか。

「美園《みその》」

地獄の底から響いてくるような那由多の声。礼音はびくりと肩《かた》をふるわせた。今度はいったいなんなのか。

「さっきのＣメロ。誰があんな弾き方をしろと言った？」

「別に、弾き方まで、楽譜に書いてねえだろ」

礼音は、つい目をそらしてしまった。

いつも一番那由多を怒らせているのは礼音だという自覚もあるし、那由多からの文句は聞き慣れているつもりだ。それでも、今日の那由多は迫力が違った。

ひどくピリピリしていて、いつも以上に些細《ささい》なことで練習を止める。

「俺は俺なりに考えて弾いてる！　注文があるなら、最初から言えよ！」

「その結果が、あのかったるい演奏か？　下手《へた》な考えなら、やらない方がマシだ」

「なっ……！」

礼音が目を見開く。さすがに見かねてか、涼がやんわりと口を挟んだ。

「那由多」

「曙《あけぼの》、お前もだ。テンポが遅い。調子が狂う」

「でも、那由多。前はこの部分、もう少し聴かせる方向で……って言ってなかったっけ？」

珍しい涼の反論に、那由多が鼻白《はなじろ》む。

「たるいのと聴かせるのは違うだろ」

「……そうだね、ごめん」

涼はあっさりと引き下がると、深幸へと声をかけた。

「深幸くん、次、もうちょい速めで合わせて」

「了解」

深幸も全身にびっしょりと汗をかいていた。礼音ほどではないが、那由多からの小言は多く飛んでいる。

礼音はおそるおそる那由多の様子を窺《うかが》った。

「で、結局、俺はどうすればいい？」

「楽譜を貸せ」

那由多が礼音の楽譜をひったくるようにして、さらさらと書きこんでいく。乱暴に突っ返された楽譜を礼音は渋々受け取った。

「次からはこの通りにやれ」

「おまっ、これっ……」

返された楽譜は、当初の予定より、数段難易度が上がっていた。二週間を切っているのに、弾きこなせるのか。

「できないのか？」

「んなわけねえだろ！　やってやるよ！」

売り言葉に、買い言葉。思いっきりけんか腰《ごし》に引き受けると、礼音は楽譜をセットした。

数曲あるセットリストの中の一曲、しかもその一部分でこの調子だ。

ライブまでにあとどれだけ無茶ぶりされるのか、考えただけでぞっとした。

「くそっ……！」

だが、悪態をつきつつも、それ以上、那由多に反抗する気にはなれなかった。

那由多の注文は厳しいが、今回は従った方が確実に良くなる。

何より――

「那由多、次に歌う前にこれを」

「ああ」

賢汰から酸素スプレーを受け取る那由多が、この中で一番激しい練習をしているとわかっているからだ。

デビューに賭ける思いは、きっと誰よりも強いはずだ。

気に入らなければ大手レコード会社のプロデューサーだろうが、容赦なく噛《か》みつく那由多だが、音楽に対しては誰よりも真摯なのだ。

摩周は、那由多の――ジャイロアクシアの音楽を気に入ってくれている。絶対に逃がせないチャンスだった。

だったら、礼音のすべきことは、それを支えること……それで、いいはずだ。

いろいろと言いたいことはないわけじゃないが、那由多への勝負は一時お預けだ。

まだかすかに残る苛立ちを情熱に変えて、礼音はピックを摑《つか》んだ。


結局、その後も那由多の激しい叱責《しっせき》は続いた。

礼音に十回、深幸に七回、涼に三回、賢汰へは二回……だが、それ以上に多かったのは、那由多自身が納得がいかない、とするやり直しで。

気がつけば、スタジオを借りられる時間の限界に達していた。

「……もう一度だ」

「那由多、もう時間だ」

それに気づかずに、もう一度、と命じた那由多を賢汰が止める。

「……くそっ！」

那由多が壁を殴り、全員を睨《ね》めつける。

「なんだ、今日の有様は……！　それでもやる気があるのか！」

「あるに決まってるだろ……」

礼音が言い返すものの、その声に力はない。みんな疲労困憊《ひろうこんぱい》だった。

涼も珍しく、ため息をつく。

「那由多、これ以上やっても効率が悪いだけだ」

深幸も腕《うで》をさすりながら、頷いた。

「同感。やる気はあるけど、それだけじゃどうにもならないって。スタジオの時間も限界だしな。どっか移動するにも無理があるだろ」

那由多がぎりりと奥歯《おくば》を噛みしめる。賢汰の声音が那由多をなだめるものになった。

「全員、課題は十分に理解している。明後日《あさって》の練習までにしっかり仕上げてきてくれるさ。……そうだろう？」

深幸が険しい目を賢汰に向けた。

「…………」

「何か文句があるのか、深幸？」

涼しい顔の賢汰をもう一度睨みつけてから、深幸は首を横に振った。

「いーや、まだ見ぬかわいい俺のファンのためだ。頑張るよ。……なあ、礼音？」

「……そうだな。デビュー、かかってるし」

礼音がのろのろと立ち上がる。そして、那由多をびしりと指さした。

「見てろよ、明後日までに完璧に仕上げてきてやっからな！」

「……ふん、当たり前だ」

那由多が冷たく言い放つ。賢汰が那由多へと話しかけた。

「それじゃ、今日は解散でいいな、那由多？　次の練習は明後日。いつも通りの時間で始めるってことで」

「チッ、仕方ねえ」

ようやく那由多も納得したのか、さっさと帰り支度を始めた。

「なら、俺は早く帰って譜面をもう一度チェックする。後のことは任せた」

「わかった。気をつけてな」

賢汰が頷《うなず》くのを見て、那由多がスタジオを出ていく。

「……負けるわけにはいかねえんだよ」

扉が閉まる直前、那由多がぼそりとつぶやいた。

そのつぶやきは、全員の胸に重く響いた。


「……やめろ」

もはや、何度目かわからない那由多の低い声が演奏を止めた。

礼音がうんざりした顔で那由多を見る。

「おいおい、何度目だよ。まだ一曲もまともに弾けてねえじゃねえか」

「誰のせいだと思っている？」

那由多にきつい視線を返され、礼音が蛇《へび》に睨まれた蛙《かえる》のように身を縮こまらせる。賢汰が淡々と礼音に注意した。

「今のは礼音のミスだろう」

「……一昨日《おととい》、急に変えた部分だったから、まだ」

「仕上げてくると言ったのはお前だろう？」

賢汰にそう言われ、礼音が黙りこむ。涼も賢汰に同調した。

「言い訳は良くないと思うよ」

「……わかってるよ」

礼音がふてくされたようにそっぽを向く。見かねた深幸が仲裁に入った。

「まあまあ、礼音も頑張ってるんだしさ……」

「頑張ってることを認めて欲しいだけなら、ジャイロアクシアにはいらねえ。俺たちが求めるのは結果だ」

深幸のフォローを那由多がばさりと切り捨てる。

「そんなことはわかってるよ……」

「だったら、始めるぞ。もう一度、最初からだ」

「……了解」

ふてくされたままではあったが、礼音は頷いた。深幸が肩をすくめ、スティックを掲げる。――再び、演奏が始まった。


なんとか一曲を弾き終えたものの、那由多の顔は険しかった。

礼音は那由多の顔を窺って、内心、ため息をついた。

ミスはなかったはずだ。

むしろ、今までのことを考えても悪い演奏じゃなかった。普段のライブなら、これで仕上がっていると言っても、別に問題はない……と思う。

けれど、那由多の求める音にはなっていない。そんな印象を受けた。

「……もう一度やるぞ」

那由多が不機嫌も露《あら》わに命じる。

「わかった」

「了解」

「ちょっと待ってくれ。水だけ飲むから」

賢汰は言うまでもないとして、涼も深幸も那由多に従った。こういうときに礼音だけがている。
言いたいことは山ほどあるが、確かに那由多の言う通りにしていれば、レベルは上がっ
反発しても意味はない。それに、摩周は那由多の作る音楽を認めているのだ。ならば、今回ばかりは那由多に従った方がいい。
前の練習のときにもそう考えて、文句を飲みこんだ。

「礼音」

呼ばれて顔を上げると、深幸が心配そうに水を差しだしていた。

「大丈夫。俺もすぐやれる」

受け取って、一気に三分の一ほど飲んでから、深幸に返した。那由多が譜面を見ながら、全員に指示を飛ばす。

「美園、二フレーズ目のリフ、もっと激しく。曙、Bメロは全体的に抑えろ。界川《さかいがわ》、サビの裏拍を強く。里塚《さとづか》、ソロが弱い」

他にもいくつか細かな指示をつけ、那由多がマイクを握った。

「……始めるぞ」

それに文句を言うものは誰もいない。無論、礼音もだ。

次のライブまでは、この音楽の暴君に従う。

何も言わずとも、それが暗黙の了解になっていた。

深幸がスティックを振り下ろし、賢汰のギターが響く。たとえ何度目であろうと、最高の演奏をしようと礼音も弦をかき鳴らした。

それから――数曲の練習をこなしたものの、那由多の顔は晴れなかった。

「くそっ……違う。こうじゃねえ。こんなんじゃねえ」

壁を殴りつけ、那由多が息を荒らげる。

何が違うのか、と聞くものは誰もいなかった。

ただ、那由多の求める音を出せない無力感が、スタジオを支配する。

今日の那由多はいつも以上に指示が多かった。誰もそれに逆らわなかった。……礼音でさえも、だ。

それでも、時間が経つごとに那由多の顔はどんどん険しくなっていった。

「次は――」

と、口を開いた那由多が激しく咳《せ》きこんだ。

「那由多っ」

賢汰が慌てて、那由多へと駆け寄る。

「触るな！　なんでもねえ。……水だけよこせ」

「……わかった」

新しいミネラルウォーターの蓋を開けて、賢汰は那由多へボトルを手渡す。受け取った那由多が喉を鳴らして飲み干すのをじっと見つめる。

（少し、無理をしすぎているな）

那由多自身も、歌い方を試行錯誤しているのか、このところ、喉に負担をかけているような気がしていた。他のメンバーの手前言い出せないが、喘息のこともある。賢汰としては、あまり無理をさせたくはなかった。

那由多の機嫌を損ねないよう、淡々と切り出す。

「那由多、今日はいったん解散にしよう」

「あぁ？」

口元を乱暴に拭った那由多が怒りに燃える瞳《ひとみ》で賢汰を見上げる。賢汰はそれを気にせず、那由多を諭すように話を続けた。

「これ以上の全体練習はお前の喉に負担をかける一方だ。ライブ当日までに、喉を潰しちゃ意味がない。全員、お前の指示は理解している。個人練習には俺が付き合うから、他のメンバーには個人で課題をやらせるべきだ」

「俺に指図するな」

「指図しているつもりはない。あくまで提案だ。だが、俺はジャイロアクシアのリーダーとして、それが最善だと思うが」

「………………」

賢汰と那由多の視線が絡み合う。

やがて、那由多がギリ、と奥歯を嚙みしめ、立ち上がった。

「……いいだろう。今日は解散にする。スタジオに残りたいヤツは残ればいい。里塚、お前は俺に付き合え」

「了解。……みんなもそれでいいな？」

賢汰の問いに深幸が大きくため息をついた。

「いいも何も、もう決まったんだろ。なら、俺はこのまま残って練習するよ。礼音くんと涼ちんはどうする？」

「俺は帰るよ。星からの交信があるから」

涼が人を食ったような返事をして、片付け始める。相変わらずマイペースな男だ。礼音も苦虫を嚙みつぶした顔をしていたが、結論を出したようだった。

「じゃあ、俺も残る。……深幸さん、一緒にやろう」

「おう、よろしくな」

礼音と深幸が言い合っているのを見て、賢汰も荷物をまとめた。スタジオ代を財布から出し、深幸に渡しておく。

「じゃあ、今日の支払いはこれで頼む。後は任せた」

「はいはい。じゃ、那由多のことは任せたぜ」

「……里塚、さっさと行くぞ」

那由多はすでにノブに手をかけている。

「わかったわかった。……じゃあな。次まではよろしく頼むよ」

残るメンバーに釘《くぎ》を刺して、賢汰は那由多と共にスタジオを出た。


涼も帰り、スタジオには礼音と深幸だけが残された。

二人きりになったスタジオに、二重のため息が響く。

「はぁ～……なんなんだ、なんなんだよ、あれ!?」

礼音は思いっきり叫んだ。

那由多がいる間は堪えていたものが、深幸と二人きりになったことで、一気に溢《あふ》れてきてしまった。

「違う違うって、何が違うんだよ！　俺は那由多の言う通りにしてやってるじゃねえか！」

「まあまあ、那由多は妥協しないからさ」

「そんなことはわかってる！」

深幸がなだめてくるのすら、癇《かん》にさわって怒鳴り返してしまった。その後すぐに八つ当たりだと気づき、頭を下げる。

「……ごめん、深幸さんは何も悪くないのに」

「いいっていいって。俺も気持ちはわかるしさ。那由多、なんか焦ってる感じだよな」

「そうだよな。デビューかかってるし、それもわかるんだけど」

「っつか、俺としては賢汰の方が腹立つね。リーダーなんだから、こう言うときこそ、上手く那由多を落ち着かせてやらないといけないんじゃねえの？」

「……賢汰さんは頑張ってるって。今日だって、那由多のこと、一応止めてはくれただろ。そりゃ、ちょっと那由多を甘やかしすぎじゃないかって思うことはあるけど……」

礼音はふっと遠い目になった。

「前のバンドが解散した後、賢汰さんに一度聞いたことがあるんだ。なんで、那由多の言いなりになってるんですかって。あの人、なんて言ったと思う？」

「なんて言ったんだ？」

「言いなりになってるつもりはない、だってさ」

「はぁ？　あれで？」

深幸があっけにとられた顔になる。礼音は渋い顔で当時のことを思い出した。

『俺は那由多と同じものを見たいだけだ』って。那由多は、俺たちとは見てる景色が全然違う。賢汰さんは少しでもその景色を一緒に見たいんだって……」

「そうやって、那由多を特別扱いして、神様みたいにするのって、あいつのためにならない気がするんだけどな……」

「でも、確かに那由多は特別だ」

口に出してしまえば認めるしかなくて、礼音はうつむいた。

那由多は特別だ。

今回だって、那由多にしか見えていない景色がある。きっと、それが那由多の求める音で、自分たちが出せていないものなのだ。

「あいつは天才だ。だからこそ、自分にできることを他人にも要求する。ついてこられないヤツは容赦なく置いていくんだ。あのときだって……」

「ああ……あのドラマーか。いいやつ、だったんだってな？」

「うん、いい人だったよ。那由多の無茶な要求にも必死に応えようとしてて、でも……那由多は切り捨てた。ギタリストだったやつと同じように」

「………」

礼音は結人《ゆうと》のことを思い返す。

あいつも、いいヤツだった。

「俺と同い年だったんだ。ギターが好きで、一生懸命で……俺と違って、那由多の言うことに逆らったことなんて、ほとんど無かった。だけど、那由多はそんなあいつのことを『がっかりだ』って……」

「那由多は昔から那由多だったってことか」

「そう。……まあ、そこであいつを置き去りにしたのは俺も同じなんで、強くは言えないんだけど。それに、あいつは本当にいいヤツだったから、那由多と一緒にいるより、他に気の合うヤツともっと楽しいバンドをやってる方が似合ってる」

「ま、適材適所ってやつだな」

「でも、俺は……」

ぎゅっときつく目をつぶる。

まるで、那由多に二度と来るなと言われたときのように、行き先が見えなかった。あのときは涼の言葉が照らしてくれた。だけど、今は。

「俺は……那由多じゃない。だから、那由多の見ているものが見えない。でも、デビューがかかってる。あいつの音楽を、最高の形でやるしかない。そのためにならあいつの言いなりにだってなってやる。でも、何が違うって言うんだよ……！」

拳《こぶし》を握りしめすぎて、手《て》のひらに爪《つめ》が食いこんでいた。血を吐くように叫ぶ礼音の隣で、深幸がじっと考えこむ。

「言いなり……か。それが、本当に今の那由多に必要なことなのか……？」

「じゃあ、他にどうしろっていうんだ？」

思わず深幸をじとっとした目で見てしまう。深幸が両手を挙げた。

「おいおい、俺だって正解はわからないさ。でも……ちょっと思った。デビューがかかってるからって、俺たちは那由多に甘えすぎてたのかもなって」

「甘えすぎてた？　逆じゃなくて？」

怪訝《けげん》な顔をする礼音に、深幸が諭すように説明する。

「礼音くんがさっき言ってただろ？　俺には那由多の見ているものが見えないって。俺もだ。だから、那由多に従うべきだと思ってた。けどさ……」

深幸が真剣な眼差しで礼音を見た。

「それって、自分で考えることをやめて、那由多に甘えてただけじゃないか？」

「っっ！」

「那由多の見ているものがなんなのか……俺たちが頑張って、考えるべきなんじゃないかな。そして、俺たちなりの答えをぶつけるしかないんだよ」

「でも、それでもダメだって言われたら？」

「那由多が納得するまで、やるしかないだろ。っつか、礼音くんは今までだって、そうやって少しでも那由多に勝とうとしてきたんじゃないのか？」

深幸の問いかけに礼音ははっとした。

そうだ。そうだった。

あのとき……もう一度、ここに戻ってきたときに、那由多におもねることはしないって決めたつもりだったのに。

デビューがかかったというだけで、自分は何を弱気になっていたのだろう。

「勝手なことしたら、賢汰さんに怒られるかな？」

不敵な笑みを浮かべて、深幸に聞いてみる。深幸が楽しげに笑った。

「知るか。最高の音を出せばいいんだろ」

「だよな！」

目の前がぱーっと明るくなった気がした。

一気に視界が広がる。

「正直、言葉では賢汰さんにも那由多にも勝てる気がしないけど。でも……音楽なら。音楽なら、あいつらにわかってもらえるはず」

「ああ。やろうぜ、俺たちの本気をぶつけよう」

「ああ！」

礼音は深幸の差し出した手に、元気よく自分の手を打ちつけた。

景気のいい音がスタジオに響く。

二人は反撃の狼煙《のろし》を上げるため、ああでもない、こうでもないと言い合いながら、猛練習を始めたのだった。


一方、那由多の自室。

賢汰と那由多は、賢汰が作った夕食を二人で食べていた。

血圧も体温も低くなりがちな那由多のために、今日は根菜類をたっぷりと使った酒粕鍋《さけかすなべ》にしている。鮭《さけ》とにんじん、大根《だいこん》をたっぷりよそってやる。

あの後は、喉に負担をかけさせないために、譜読みと基礎的な発声練習と筋トレに集中させせた。指図すると不機嫌になりやすい那由多だが、音楽のためになるとわかれば、意外と素直に聞いてくれる部分もある。理解してもらうまでが大変だが。

放っておけば、また倒れるまで練習しかねない。

ただでさえストイックな那由多には、そういう危ういところがある。

上手く自分がコントロールしないとな、と賢汰は使命感に駆られていた。

その結果、栄養学にまで手を出すことになったりと、やることは増えたが、ジャイロアクシアと旭那由多という天才を高みに連れていくためだと思えばなんでもないことだ。

自分の分をよそっていると、那由多がぼそりとつぶやいた。

「……明日の練習は予定通りにやる」

「ああ、そのつもりで手配も済ませている」

那由多が箸で鮭をつつき――ふと顔を上げて、賢汰をじっと見た。その真剣な眼差しに、見慣れていても、ドキリとする。

「俺は一人でも、もっと高みを目指す。あいつらがついてこられないなら、それまでだ」

賢汰は那由多の瞳《ひとみ》を見返した。その目はどこまでもまっすぐだ。

おそらく那由多はその通りにするだろう。

礼音や深幸がついてこられなかったとしても、妥協することはしない。今回のチャンスを蹴ることになったとしても、少しでも妥協すれば、それは那由多の音楽ではない。

本当の意味で、勝ったことにはならない。

そんな那由多の気性を知りつつ、賢汰は肩をすくめた。

別に信じているわけでもなければ、期待しているわけでもない。だが、賢汰は知っている。礼音と深幸が、那由多に負けず劣らず、諦めが悪いということを。

それをわざわざ口に出すつもりはないだけだ。

「そうだな。……ま、明日はどうなることやら」

はぐらかす賢汰に、那由多がむっと眉間《みけん》に皺《しわ》を寄せる。しかし、それ以上言及するつもりはないのか、黙って鍋を食べ始めた。

黙々と鮭を食べる那由多を見ながら、賢汰も箸を取る。

嵐の前の静けさのように、二人の間をゆっくりとした時間が流れていった。


そして——翌日。

礼音と深幸がスタジオに入ると、すでに他の三人は揃っていた。

那由多がちらりと二人を見て、顎《あご》で楽器を指す。

「来たか。さっさと準備しろ」

「言われなくても、そうするよ！」

　礼音が言い返し、ギターの準備を始めた。深幸も涼に手伝ってもらいつつ、てきぱきとドラムをセットしていく。

　念入りにチューニングをしている礼音を見て、賢汰がわずかに口角《こうかく》を上げた。

「なんですか、賢汰さん？　俺の顔に何かついてます？」

「いや、今日はずいぶん気合いが入ってると思ってな」

「昨日《きのう》までは気合いが入ってなかったみたいな言い方、やめてくださいよ。……ま、確かに昨日までの俺とは違いますけどね」

　にやりと不敵に笑ってみせると、深幸も同じように勝ち気な笑みを浮かべた。

「ああ、今日は那由多だけに任せっきりにはしないさ」

「俺たちも、自分の音をぶつけさせてもらう」

　はっきりと言い切る二人に、那由多は顔色一つ変えずにマイクを握った。

「口ではいくらでも言える。……聴かせてみせろ。中途半端は許さねえ」

　涼と賢汰が顔を見合わせ、頷き合う。

「俺たちの準備はできてる。始めよう」

「楽しみだな」

　深幸がそんな賢汰に挑発するような視線を向ける。

「目に物見せてやるよ」

礼音も那由多に指を突きつけた。

「いくぜ、那由多。耳かっぽじって、よく聴きやがれ!」

礼音の啖呵《たんか》をきっかけに、深幸がカウントを取り始める。

賢汰と礼音のギターが激しいハーモニーを奏で……鮮やかな旋律を描き出した。


演奏が始まってすぐに那由多が片眉《かたまゆ》を上げた。

昨日までの演奏とは違う。

深幸のドラムは、今まで那由多の歌をどっしりと支えるものだった。だが、今日のそれは、同時にパワフルさを増していた。ときに鋭く、ときに激しく、縦横無尽にステージを暴れ回るような打音。深幸のドラムが元々持っていた、強く逞《たくま》しい音の魅力が強化されている。それでいて、那由多の歌を損なうことはない。

派手さと繊細さを兼ね備えた音が、深く体に響いてくる。

違うのは礼音もだった。

元々、礼音の技術は高い。その器用さを見せつけるような複雑なテクニックと、シンプルなコード進行ながら、音の響きで魅せる部分の使い分けがさらに際だっていた。メリハリがはっきりとした分、礼音の巧さがより引き立つ。情熱を感じさせる激しい演奏に、鮮やかさと華やかさが加わって、音の翼がいっそう大きく広がっていく。

そして、二人の演奏と合わさって、涼と賢汰の音もより洗練されたものへと変化していく。全ての音がぶつかりあい、うねりあいながら、高みを目指す。

今までより、ずっと、大きく、高く。

スケール感の大きくなった演奏に、那由多の声が重なり、至上の音楽となる。

那由多が噛みつくようにマイクに唇を寄せ、シャウトする。

その声は、今までで一番『熱く』響いた。

礼音が勝ち誇った笑みを浮かべ、ピックを弦に走らせる。

それに応えるように——那由多が吠えた。

——どうだ。

演奏が終わり、息を荒らげながら、礼音は那由多の様子を窺った。

那由多が額《ひたい》に浮いた汗を拭い、礼音へと振り返る。

「……やれるなら、最初からそうしろ」

やっと認められた。そう思うより先に、カチン、と来た。

「お前がいろいろ言ったんじゃねえか！　俺はその通りにしてただけだっての！」

「俺がお前たちに求めるものは最高の音だけだ」

ことも無げに言われて、礼音はむっ、と口をつぐんだ。

深幸の言ったことが当たっていた。

確かに、那由多は言いなりになれ、などとは言っていない。とはいえ、普段の態度や、賢汰からの後押しもあって、那由多の言うことを聞いてしまう空気があるのだが。

賢汰が涼しい顔で、礼音と那由多のやりとりを見ているのも腹立たしい。

「くそっ、俺の勘違いだったってことかよ……」

拗《す》ねたように吐き捨てる礼音の肩を、深幸がぽんぽんと叩いた。

「ま、良かったじゃないか。今日は上手くいったんだしさ」

そして、深幸が那由多に『答え合わせ』を求めた。

「悪い、那由多。俺も礼音も次のハコがいつもよりでかいってことを、本当の意味では理解してなかった。……今日の演奏で、ちょっとは挽回できたか？」

摩周が用意した会場は、いつものライブハウスより大きい。そうなれば、音の響き方も、客の反応も、見え方も全部違ってくる。それを練習のときから意識するということが、礼音と深幸からは抜けていた。

おそらく那由多の前には、大勢の観客が見えていて……そこが自分と那由多の差だったのではないか、と礼音は思っている。たぶん、那由多は今度の会場どころか、今すぐドームで歌うことになったとしても、それに合わせた音が見える。

それが旭那由多という男だ。

深幸の答えに、那由多はふん、とつまらなさそうに鼻を鳴らした。

「時間がない。さっきの調子で仕上げていくぞ」

正解だ、と言外に語る那由多の態度に、礼音は自分の考えが合っていると確信した。

（くそっ、かなわねえなあ……でも、いつかは）

目指す山の頂は果てしなく高い。

だけど、目の前の背中を追っていけば、いつかはきっと越えられる。

「ああ、お前の想像する以上に、最高の演奏をしてやるよ！」

意気込む礼音を、那由多がざくりと切り捨てた。

「ああ、だが二フレーズ目のギターリフはうるさい。あれはやめろ」

「なっ……！　あの方が盛り上がるだろうが！」

「だったら、耳障《みみざわ》りじゃないものにしろ」

「テメェ……！」

カーン、とバトルのゴングが礼音の頭の中で鳴り響く。

深幸になだめられながらも、しばらくギャーギャーと礼音は那由多に噛みついていた。

那由多も一歩も引かず、結局、演奏しながら最高点を探していく。

そこに深幸が仲裁に入ろうとし、那由多の側につく賢汰とぶつかって……涼は涼で、己の持論を爆弾のように放りこんでくる。すると、また議論が加速し——

そうやって、諍《いさか》いながら、互いに鎬《しのぎ》を削り合い……ジャイロアクシアのメンバーは自分たちの音楽を磨き上げていった。


ライブ当日。

用意された控え室で、賢汰たちは出番を待っていた。

礼音は新しく綺麗《きれい》な控え室が落ち着かないのか、さっきからそわそわしている。深幸は招待した女の子にメッセージでも打っているのか、スマホを見ていた。涼がまた深幸の髪《かみ》で遊んでいることを教えてやるべきか悩み、今回はすぐに直せそうだから、わざわざ教える必要もないか、と賢汰はセットリストのチェックに戻る。

いや、もうそんなことは何度もした。

自分も緊張しているのかもしれないな、と苦笑する。

那由多はといえば、イヤホンをつけたまま、目を閉じ、椅子に行儀悪くもたれていた。まったく緊張している様子はない。

（大物だな。それでこそ那由多だ）

目を閉じているとまだあどけない部分が残っている横顔を見ながら、賢汰は微笑する。開演まで、あと少しだ。

コン――コン。

ノックの音がしたかと思うと、すぐにドアが開いた。スーツを着た男がしれっとした顔で入ってくる。摩周だ。

「摩周さん」

賢汰の声に、全員が摩周に注目する。那由多でさえも目を開けた。

摩周が感情の読めない淡々とした声で告げる。

「そろそろ時間だ」

「わざわざ呼びに来てくださったんですか」

賢汰の返しに、摩周は人の悪い笑みを浮かべた。

「ああ。俺はお前らのマネージャーだからな」

「今後とも長いお付き合いになることを願ってますよ」

摩周にそう言うと、賢汰は顔を引き締めた。

「……涼、そろそろ遊びは終わりだ」

「了解、ケンケン」

涼がかんざしのように深幸の髪に挿していたボールペンを引き抜く。一瞬で、深幸の髪はさらさらロングヘアに戻り、ようやく遊ばれていたことに気づいた深幸が顔をしかめる。

「うげっ、人の髪で遊ぶなよ！」

「深幸くんの髪が、一番弄《いじ》りがいがあるから」

「だから！　やめろって、言ってんだろ！」

子どもじみた深幸と涼のやりとりに、礼音が呆《あき》れた顔になる。

「ちょ、二人とも……摩周さんが見てるって」

「う……すみません」

年下に窘《たしな》められ、深幸がばつの悪い顔で頭を下げる。涼はその隙にボールペンを片付けていた。那由多がぎろりと全員を睨む。

「ふざけてる場合か。……行くぞ」

その声にメンバー全員の顔つきが変わった。

摩周が満足そうな笑みを浮かべる。

「期待している」

本当にそう思っているのかわからない声音に、那由多が挑むように摩周を見た。

「見てろ。俺たちこそが最高だ」

傲然と言い放ち、ステージへと歩き出す。

その堂々たる王の背中を賢汰たちも追う。

ステージへと続く道は、ジャイロアクシアの勝利を祝う花道のようだった。


「ジャイロアクシアだ」

ステージに立ち、那由多はぶっきらぼうにバンド名だけを告げた。

一部のファンからは歓声が上がるが、大半の観客は前座のバンドを見極めるかのような反応だった。摩周や賢汰が言うように、今日の会場はアウェーだ。

だが、そんなことは関係ない。

熱いほどのライトを全身に浴びながら、那由多は己の全身がゾクゾクしてくるのを感じていた。ここにいる全員にジャイロアクシアの――己の音楽を叩きつける。

俺たちを前座にしたことを後悔させてやる。

俺たちの音楽は誰にも負けない。

那由多の瞳が獰猛《どうもう》な輝きを帯びていく。

怒りと闘争心、那由多の高いプライドを形作る炎が、その目に宿る。

「行くぞ」

戸惑う客席を置き去りにして、深幸に合図を送る。カウントが始まる。

ドクン。

心臓が高鳴って――

礼音と賢汰のギターが聞こえた瞬間、那由多の全身の血液が沸騰した。

最初からフルスロットルで歌い出す。

観客が全力で殴られたような顔をして――そして、即座に身を乗り出してきたのがわかった。勝った。掴んだ。

乱暴な攻撃衝動と、達成感が混ざり合って、マグマのようにどんどん全身を熱くしていく。こうなったら、もう――止められない。

那由多にとって、歌うことは本能だ。

衝動に任せ、鮮烈な歌声を迸《ほとばし》らせる。

深幸のドラムが力強くリズムを刻み、涼のベースがその独特なビートを響かせる。

賢汰の正確無比なリードギターに、礼音の荒ぶるリズムギター。

全員が自分の持ち味を、個性を最大限に出して、ぶつけてくる。

ステージの上で、音同士が競い合い、闘っている。

だが、研ぎ澄まされた戦士の剣戟《けんげき》が人々を魅きつけるように、ジャイロアクシアの音楽は鮮やかに、鋭く、激しく、熱く――観客を魅了した。

気がつけば、観客の全てが赤いペンライトを振っていた。

ジャイロアクシアのイメージカラー。

燃える炎の赤。

無数の赤い星が揺らめく。

観客の心を映す炎のように。

――もっと。

――もっと、燃えろ。俺たちの音楽を聴け！

那由多の象徴ともいえるマイクに嚙みつかんばかりの獰猛なシャウトに、観客の熱狂が最大限に達した。コールが巻き起こる。

サビを歌い上げながら、那由多は心の中で叫んだ。

(見たか、これがジャイロアクシアだ。旭那由多だ！)

叫びに応えるように――歓声が渦巻いた。

エピローグ　物語は続く

そして、月日は流れ——。

賢汰《けんた》を始めとするジャイロアクシアの面々はデビューに向けて忙しく動いていた。あれから、トントン拍子に話は進んだ。

確定ではないが、北海道《ほっかいどう》ツアーも予定されているらしい。

そのために練習を重ねている。今日もライブのリハだ。休憩時間に気の進まない用事を片付けてしまおうと、スタジオの廊下へ出た賢汰はスマホを取り出した。

アドレス帳から選び出した名前は「航海《わたる》」。賢汰の弟だ。両親が離婚して、航海は父親についていったため、普段は離れて暮らしている。幼い頃は可愛かった気もするが、最近は少し距離を測りかねていた。

とはいえ母からの伝言がある以上、かけないわけにもいかない。「いい兄」をやるのも親孝行のうちだ。自分と同じように楽器を始め……そして、自分にはない才能を持っている。そんな弟は眩《まぶ》しく、妬ましい。内心を押し隠し、賢汰は通話ボタンをタップした。

「もしもし」

しばらくして、こちらを窺《うかが》うような声音で航海が通話に出た。思春期を越えたあたりからだろうか。電話しても、昔のように素直に喜ばなくなった。向こうも向こうで思うところがあり、賢汰との距離を摑《つか》みかねているのかもしれない。だからこそ、年上の自分が歩み寄るべきだろう、と賢汰はことさらに穏やかな声で話しかけた。

「ひさしぶりだな、航海」

「どうしたの？　何かあった？」

「この前、母さんのところに寄った。航海に会いたがってたぞ」

「兄さんだって、めったに帰らないだろ」

航海の声が非難……というより、拗《す》ねたような雰囲気を出す。いつだったか、もう子ども扱いはしないでくれ、と言われたことを思い出した。かと言って、弟への態度はどうにも変えにくく、つい諭すような口調になる。

「バンドがいろいろ忙しくてな。今、大事な時なんだ」

「……………」

「たまには顔を見せてやれよ」

「僕だって忙しい」

「学校か？」

「………。僕もバンド作った」

何気なく放った質問のつもりだった。だが、返ってきた答えに、賢汰の頬《ほお》がぴくりと痙《けい》攣《れん》する。思わず聞き返す。

「お前が？」

「悪い？」

航海がまた自分の後を追ってくる。あまり喜ばしいことではなかった。だが、それを直接言うつもりもない。弟の新たな門出に水を差すほど、薄情な兄ではない。離れている分、できるだけ「いい兄」でいてやろうと思うくらいの情はあるつもりだ。

「悪くないさ。驚いただけだ」

優しく言ったつもりだったが、航海の声はますます意固地なものになった。

「うまくいかないって思ってるだろ」

「どうして噛《か》みつく。……うまくいってないのか？」

「今度ファーストライブだってやる。ライブハウスで」

意地になっているような航海の言葉にさすがに少し心配になった。結成したてのバンドがライブハウスに客を集めるのは大変だ。ジャイロアクシアは最初からある程度の集客力があったが、そのためにはいろいろと苦労もしている。

「いきなりか？　大丈夫なのか？」

「……。大丈夫さ。……絶対成功させる。忙しいから電話切るよ」

それ以上の追及を避けるように通話を切ろうとした弟を、賢汰は引き留めた。

「待てよ。バンド名くらい教えろよ」

少しの沈黙の後、航海がぼそりと答える。

「……Ａｒｇｏｎａｖｉｓ（アルゴナビス）」

そのまま通話は切れた。スマホをポケットにしまう。知らず知らずのうちに、賢汰の口元には笑みが浮かんでいた。

「そうか。……航海がバンドを」

航海が同じ道を歩むと決めたことが嬉しいわけではない。それでも、なんとなくやはり『兄弟』なんだと思うと、どこかおかしかった。

廊下の向こうから歩いてきた那由多《なゆた》が、微笑《ほほえ》む賢汰に訝《いぶか》しげな顔になる。

「どうした？　何か良いことでもあったのか？」

「那由多。いや、弟。前に話したことあったろ。親が離婚して父親についていった方の。今、函館《はこだて》にいるんだが。弟がバンドを始めたらしい」

「バンド？」

「まさか、同じ道を歩むことになるなんてな」

那由多は興味なさげにそっぽを向くと、賢汰を促した。

「そうか。摩周《ましゅう》が来てる」

「摩周さんが？　わかった。スタジオに戻ろうか」

言うなりさっさと歩き出す那由多を、賢汰はいつものように追いかけた。


那由多と共にスタジオに入ると、摩周が待っていた。

他の三人はすでに揃っており、礼音《れおん》がとがめるような視線を向けてくる。

「どこ行ってたんだよ」

「悪い。ちょっと電話してた」

深幸《みゆき》がからかいを含んだ笑みを浮かべる。

「女だったりして？」

「深幸。お前と一緒にするな」

ぴしゃり、と言い放つと深幸が肩《かた》をすくめて呆《あき》れた顔をした。涼《りょう》が口を開く。

「マネージャー。話があるって」

涼の言葉を受け、摩周がすぐに話し出した。

「リハ中に邪魔してすまない。手短にすます。ジャイロアクシアの北海道ツアーが決まった。開催地はそこに書いてある。確認しておいてくれ」

賢汰たちは配られた資料を手に取った。開催地を見て、賢汰は思わずつぶやいた。

「函館か」

涼が不思議そうに首をかしげる。

「函館に何かあるの？」

「今、弟住んでて、バンドやってる」

書類を見ていた礼音が不安げに摩周に尋ねた。

「こんなに回って客は入るの？」

「負け戦をするつもりはない。お前たちの実力と知名度なら問題ない。お前たちは心配しないで、ライブの準備を進めてくれ。前座のバンド選び、会場の調整、細かいことはこちらでやる。じゃあ。後は頼む」

忙しいのか、それだけを早口で言うと、摩周はさっさとスタジオを出ていった。

礼音が不服そうに口をとがらせる。

「後は頼むって。もう少し、ガンバレよとかあってもいいのに」

那由多がツアーの資料を置き、ふん、と鼻を鳴らした。

「口出しをされても面倒なだけだ。やるべきことをやってくれればそれでいい。リハを再開するぞ」

那由多の言葉に、それぞれが楽器を手にする。

傲然と前だけを見る那由多の真剣な横顔に、賢汰はできるだけ長くこの位置にいたいと思った。願わくば、最高の場所に那由多が立つときに、一緒にその景色を見られるように。

(俺は必ずお前を頂点に連れていく。そのためなら、どんなことだってするさ……)

改めて強く誓う。

それは那由多に出会ったときから、変わらない誓い。

ジャイロアクシアの始まりの願い。

里塚《さとづか》賢汰と旭《あさひ》那由多。

二人から始まった物語は、まだまだ続く。

偉大なる伝説の軌跡へと――

ARGONAVIS from BanG Dream!
目醒めの王者

初出：ARGONAVIS from BanG Dream!　目醒めの王者　書き下ろし

2020年6月9日　第1刷発行

原作　ブシロード
小説　華南恋

装丁　辻智美（バナナグローブスタジオ）
編集協力　中本良之・株式会社ナート
編集人　千葉佳余
発行者　北畠輝幸
発行所　株式会社　集英社
〒101-8050　東京都千代田区一ツ橋 2-5-10
TEL 03-3230-6297（編集部）
03-3230-6080（読者係）
03-3230-6393（販売部・書店専用）
印刷所　凸版印刷株式会社

Printed in Jpapan ISBN978-4-08-703496-7　C0293
検印廃止